공부가 되는
세계명 단편 2

〈공부가 되는〉 시리즈 ㊽

공부가 되는
세계명단편 2

초판 1쇄 인쇄 2012년 12월 31일
초판 2쇄 발행 2014년 11월 19일

원작 기 드 모파상 외
엮음 글공작소

책임편집 주리아
책임디자인 전소영

펴낸이 이상순
주 간 서인찬
편집장 박윤주
기획편집 유명화, 김설아, 서한솔
디자인 유영준, 김혜림
마케팅 홍보 이상광, 이병구, 김태양, 박순주

펴낸곳 (주)도서출판 아름다운사람들
주소 (413-756) 경기도 파주시 회동길 103
대표전화 (031)955-1001 **팩스** (031)955-1083
이메일 books777@naver.com
홈페이지 www.books114.net

ⓒ2013, 글공작소
ISBN 978-89-6513-210-3 13800
ISBN 978-89-6513-212-7 (세트)

공부가 되는
세계명 단편 2

원작 기 드 모파상 외 | **엮음** 글공작소 | **추천** 오양환 (前 하버드대 교수)

아름다운사람들

공부가 되는
세계명단편 **2**

아이들이
『공부가 되는 세계명단편』을
읽으면 좋은 이유

1 / 위대한 문학이 사람의 생각을 바꿉니다.

역사적으로 위대한 성인이나 세상을 바꾼 사람들은 늘 문학을 가까이하며 아꼈습니다. 스티브 잡스는 셰익스피어 책을 끼고 살았고 아인슈타인은 당대의 위대한 문인들과 교류하였으며 간디는 톨스토이를 존경했고 자신의 고민을 그와 편지로 나누기도 했습니다. 그래서 그들은 엔지니어에서 세상을 바꾼 사람으로, 단순한 과학자에서 평화를 지키는 과학자로, 변호사에서 세기의 성인으로 다시 태어날 수 있었습니다.

우리는 문학을 통해 우리가 경험할 수 없는 다양한 계층과 인종, 다양한 생각과 삶의 방식을 만날 수 있습니다. 이처럼 나와 다른 삶과 생각을 만남으로써 우리는 인간에 대한 이해와 배려, 사람에 대한 통찰력을 기를 수 있습니다.

2 / 감동과 여운 그리고 자신의 꿈을 키울 수 있습니다.

양치기 소년의 순수한 사랑을 담은 알퐁스 도데의 「별」, 당시 스위스의 정치적 상황을 위트 있게 담아 낸 프리드히리 실러의 「빌헬름 텔」, 허영심 많은 인간의 모습을 재치 있게 풍자하고 있는 기 드 모파상의 「목걸이」, 악은 악으로 다스릴 수 없다는 교훈과 함께 인간의 본성을 심도 있게 다룬 러시아의 대문호 레프 니콜라예비치 톨스토이의 「대자」 등은 잔잔한 감동과 함께 인간의 모습에 대해서 그리고 있습니다. 이러한 좋은 문학 작품은 인간을 사랑하게 하는 영혼의 양식과도 같습니다. 작품 속에 그려진 인간들의 모습을 통해 우리는 인간을 이해하고 그에 따른 존엄성을 느낄 수 있기 때문입니다.

3/ 교과서에 나오는 세계대표단편을 뽑았습니다

『공부가 되는 세계명단편』은 우리 아이들이 중·고등학교의 학과 수업이나 교과서를 통해 반드시 배우게 되는 문학 작품뿐 아니라 세계를 대표한다고 할 수 있는 가장 빼어난 문학 작품을 선별하여 소개합니다. 이 책에 실린 각 작품들은 삶의 소중한 가치를 비롯해, 인간의 본성과 사랑의 위대함 등을 완성도 높은 문학성으로 보여 줍니다. 좋은 문학 작품이 사람들의 기억에 남아 삶의 밑거름이 되듯, 세계명단편은 시대를 뛰어 넘어 지금까지도 꾸준히 대중들에게 사랑받으면서 그 작품성을 인정받고 있습니다. 우리 아이들은 세계 여러 작가들의 작품을 접하면서 다시 한 번 내면의 거울을 심도 있게 바라볼 수 있는 기회를 갖게 될 것입니다.

4/ 공부의 즐거움을 깨치는 〈공부가 되는〉 시리즈

〈공부가 되는〉 시리즈는 공부라면 지겹게만 여기는 우리 아이들에게 공부의 즐거움을 깨쳐 주면서 아울러 궁금한 것이 많은 우리 아이들의 지적 호기심을 동시에 해결해 주는 시리즈입니다. 공부의 맛과 재미는 탄탄한 기초 교양의 주춧돌 위에 세워질 때 그 효과가 배가됩니다. 그리고 그 기초 교양은 우리 아이들이 학습에서 자기 주도적 능력을 이끌어 내는 데 큰 밑거름이 됩니다. 『공부가 되는 세계명단편』은 예술성 높은 세계 문학의 감동과 위대함을 고스란히 전달하면서 우리 아이들의 감성과 인간 및 세계에 대한 통찰력을 동시에 높여 줄 것입니다. 부디 우리 아이들이 이 책을 통해 세계 문학과 문화에 대한 안목 그리고 무궁무진한 상상력과 사고력을 함께 배양하기를 바랍니다.

「목걸이」
기 드 모파상

" 만약 그녀가 목걸이를 잃어버리지 않았다면, 지금쯤 어떤 인생을 살고 있었을까요? 그건 아무도 모를 일이에요. 그러니 인생이란 정말 이상야릇하지요. 사소한 일 하나로 인생이 송두리째 무너져 내리기도 하고, 무한한 행복을 누릴 수도 있으니까요! "

마틸드 르와젤은 아름답고 매력적인 아가씨였어요. 하지만 운명의 장난으로 가난한 집에서 태어났지요. 그녀는 어려운 집안 형편 탓에 지참금●조차 제대로 마련할 수 없었어요. 멋지고 부유한 남자를 만나 결혼할 가능성은 더더욱 없었지요. 결국 그녀는 교육부에서 일하는 어느 말단● 공무원과 결혼식을 올렸어요.

르와젤 부인은 예쁘게 꾸미고 싶었지만 경제적인 여유가 전혀 없었어요. 그래서 항상 수수한 옷만 입어야 했지요. 그녀는 이런 현실이 너무나 우울해서 견딜 수 없었어요. 그녀는 여자에게 가장 중요한 것은 신분이 아니라 아름다움과 우아함 그리고 매력적인 분위기라 믿고 있었어요. 가난한 집안의 아가씨라 해도 세련되고 우아한 자태와 부드러운 마음씨만 가지고 있다면, 여느 부잣집 부인들과 다를 바 없다고 생각한 거예요.

사실 그녀는 사치를 부리며 세련된 생활을 하며 살고 싶었어요. 누추한 집과 더러운 벽, 낡아 빠진 의자, 얼룩진 깔개는 그녀의 마음을 괴롭게 할 뿐이었어요. 그녀와 비슷한 형편의

지참금 … 신부가 시집갈 때에 친정에서 가지고 가는 돈.

말단 … 회사에서 제일 낮은 자리.

여자라면 대수롭지 않게 생각했을 그 모든 것들이, 그녀에게는 너무나 견디기 힘든 것들이었어요.

그녀는 집 안에 쌓여 있는 초라한 살림살이를 볼 때마다 자신이 이루지 못했던 꿈에 대한 후회와 미련으로 어쩔 줄을 몰랐어요. 그럴때면 그녀는 여러 가지 상상을 하곤 했어요.

꿈속에서 그녀는 아주 근사한 응접실*에 있었어요. 벽에는 동양풍 장식물이 걸려 있고, 높다란 청동 촛불에서는 은은한 불빛이 타올랐어요. 따뜻한 난롯가 옆에서는 건장한 체구의 하인 둘이 꾸벅꾸벅 졸고 있었어요. 그야말로 여유가 넘치는 풍경이었지요. 물론 이 응접실은 고급 비단으로 장식되어 있었어요. 가구들은 하나같이 우아하고 고풍스러우며, 가구 위에는 훌륭한 골동품이 놓여 있었지요.

때로는 좀 더 작고 향기로운 응접실을 상상하기도 했어요. 매일 오후 5시가 되면 그녀는 친구들을 잔뜩 불러 차를 마시며 이야기를 나누어요. 이 모임의 주인공은 어디까지나 그녀예요. 친구들은 그녀를 부러워하며 동경하고 있지요.

하지만 현실은 어떨까요? 식탁에는 사흘 동안 빨지 못한 식탁보가 덮여 있어요. 저녁이 되면 이 식탁에 앉아 밥을 먹어요. 남편은 수프 그릇의 뚜껑을 열며 기쁘다는 듯 말하지요.

응접실 … 손님을 맞아 들여 접대하기 위해 꾸며 놓은 방.

"아, 정말 근사한 수프야! 이런 수프는 쉽사리 먹을 수 없지."

그러면 그녀는 이 현실에서 도망치기 위해 어느새 자신도 모르게 상상 속으로 빠져들고 마는 거예요. 성대한 만찬과 반짝반짝 빛나는 은그릇들, 동화 속에나 나올 법한 숲을 배경으로 한 옛사람들이나 진기한 새 모양이 그려진 벽걸이 장식 같은 것들 말이에요.

하지만 현실 속 그녀는 장신구도, 변변찮은 외출복도 없었어요. 가진 것이라고는 정말 아무것도 없었지요. 그러면서도 늘 비싼 장신구와 화려한 옷만 좋아했어요. 애초에 그런 것들로 몸을 치장하기 위해 자신이 세상에 태어난 게 아닐까 하고 생각할 정도였어요. 예쁘게 꾸미고 매혹적인 자태를

기 드 모파상 (1850~1893)

1850년 프랑스에서 태어난 기 드 모파상은 프랑스에서 법률 공부를 했어요. 그러던 중 1870년에 프랑스와 프로이센 사이에 전쟁이 일어나자 모파상은 군대에 지원했어요. 전쟁이 끝난 뒤에는 해군에서 근무하며 문학 지도를 받았지요. 그는 주변의 젊은 문학가들과도 친하게 지냈어요. 그러다가 모파상은 1880년에 여섯 명의 젊은 작가들이 쓴 소설집 『메당 야화』에 「비곗덩어리」를 발표하면서 유명해지기 시작했어요. 그 후 『메종 텔리에』, 『피피 양』 등의 단편집을 비롯하여 300편가량 되는 단편 소설과 기행문, 시집, 희곡 등을 발표했어요. 또한 『벨아미』, 『피에르와 장』 등의 장편 소설도 썼어요. 모파상은 작품을 쓰는 도중 항상 신경 질환에 시달렸어요. 끝내 모파상은 병을 회복하지 못하고 마흔세 살에 생을 마감하게 되었어요.

뽐내며 사람들의 눈길을 끌고, 나아가 선망의 대상이 되고 싶었어요.

그런 그녀에게는 부잣집 친구가 한 명 있었어요. 여학교 시절 사귄 친구였지만, 이제는 더 이상 만나고 싶지 않았어요. 그 친구를 만나고 돌아오면 마음속 깊은 곳에서부터 생겨나는 우울함을 참을 수 없었기 때문이에요. 그러고는 며칠 동안 초라한 생활을 비관하며 엉엉 울기만 했어요.

어느 날 저녁이었어요. 일을 마친 남편이 커다란 봉투를 들고 의기양양하게 집으로 돌아왔어요.

"여보, 이것 좀 봐요. 당신이 좋아할 거야."

그녀는 봉투를 받아 재빨리 뜯어보았어요. 안에는 초대장이 들어 있었어요.

'교육부 장관 조르주 랑포노 부부는 1월 18일 밤 공관에서 열리는 파티에 르와젤 부부를 초청합니다. 부디 참석하여 자리를 빛내 주시기를.'

그녀는 남편의 기대와 달리 잔뜩 화가 난 표정으로 초대장을 식탁 위에 휙 내던져 버렸어요.

"흥, 그래서 나더러 뭘 어쩌라는 거예요?"

"나는 당신이 이걸 보면 기뻐할 줄 알았어. 평소 외출도 별

로 안 하니까 이번 기회에 파티에 가면 좋잖아. 여보, 이 초대장 얻느라 얼마나 힘들었는지 몰라. 다들 파티에 가고 싶어서 안달이 났었거든. 우리 같은 말단 직원들은 거의 못 받은 거야. 당신, 거기 가면 높으신 분들을 엄청 많이 볼 수 있을 거라고."

그녀는 남편을 새침하게 쏘아보고 있다가 참을 수 없다는 듯 소리를 질렀어요.

"그래요, 간다고 쳐요! 그러면 그곳에 도대체 뭘 입고 가란 말이에요?"

남편은 잔뜩 당황하고 말았어요. 파티에 입고 갈 옷까지는 전혀 생각하지 못했던 거예요. 그래서 더듬거리며 이렇게 말했지요.

"그 뭐더라, 그, 극장 갔을 때 입고 갔던 거 있잖아. 그 옷 당신한테 참 잘 어울리던데……."

순간 남편은 입을 딱 다물고 말았어요. 글쎄, 아내가 울고 있었던 거예요. 구슬 같은 눈물이 눈가에서 입술 언저리로 주르륵 흘러내리고 있었어요.

남편은 조심스럽게 물었어요.

"아니, 왜 우는 거요? 무슨 일 있소?"

그녀는 애써 눈물을 참으며 침착한 목소리로 말했어요.

"아무것도 아니에요. 하지만 파티에는 가지 않을 거예요. 입고 갈 옷이 없는 걸요. 그러니 초대장은 그냥 동료 직원에게나 주세요. 파티에 입고 갈 만한 옷이 있는 부인에게 주란 말이에요."

남편은 어쩔 줄 몰라 하며 물었어요.

"여보, 마틸드. 괜찮은 옷 한 벌 사려면 얼마나 드오? 파티 말고도 다른 때에도 입고 갈 수 있는 것으로 말이야. 너무 비싼 건 안 되겠지만."

그녀는 재빨리 머릿속으로 계산을 해 보았어요. 얼마를 불러야 가난한 공무원인 남편이 딱 잘라 거절하거나 혹은 놀라지 않을까요? 한참 동안 열심히 머리를 굴린 그녀는 마침내 입을 열었어요.

"정확히는 모르겠지만 한 400프랑 정도 있으면 될 것 같아요."

순간 남편의 얼굴이 창백해졌어요. 안 그래도 이번 여름에는 사냥총을 사서 친구들과 함께 낭테르 벌판으로 사냥을 가려고 돈을 모으고 있었기 때문이에요. 하필이면 그 돈이 꼭 400프랑 정도 되었지요.

남편은 아내를 위해 기꺼이 포기하기로 마음먹었어요.

"좋아. 400프랑 정도라면 괜찮을 것 같소. 이번 기회에 좋은 옷 한 벌 사구려."

어느새 시간은 흘러 파티 날이 가까워졌어요. 이제는 파티에 입고 나갈 옷도 마련했겠다, 모든 것이 괜찮을 것만 같았어요. 하지만 르와젤 부인의 얼굴에는 여전히 걱정 근심이 가득해 보였어요. 남편은 아내의 기색을 살피다 물었어요.

"여보, 왜 그래? 요 며칠 당신 참 이상해."

그녀가 대답했어요.

"그냥 파티에 가지 말까 봐요. 옷이 있으면 뭐해요? 장신구가 하나도 없는 걸요. 이대로라면 파티에 가 봤자 망신거리만될 뿐이에요."

남편이 말했어요.

"꽃을 달고 가면 되잖아? 요새 같은 계절에는 보석보다 꽃이 더 아름다울 거야. 10프랑이면 근사한 장미꽃을 두 송이나살 수 있어."

그녀는 고개를 단호하게 저었어요.

"아니에요. 돈 많은 부인들 틈에서 나 혼자 꽃을 달고 있으라니……. 그렇게 창피한 일이 또 어디 있겠어요?"

그러자 남편이 이렇게 말했어요.

"당신도 참 어쩔 수 없군. 당신 친구인 포레스티에 부인을 찾아가서 장신구를 빌리면 되잖소. 친한 사이니까 그 정도 부탁이야 쉽게 들어주겠지."

남편의 말에 그녀가 기뻐하며 외쳤어요.

"그래요! 왜 그 생각을 못했을까요?"

포레스티에 부인은 그녀가 여학교 시절 친하게 지냈던 바로 그 친구였어요. 그녀는 돈 많은 친구를 만나고 싶지 않았지만 이번만큼은 사정이 달랐지요.

다음 날 그녀는 바로 포레스티에 부인을 만나러 갔어요. 그리고 부인에게 자신의 딱한 처지를 털어놓았어요. 포레스티에 부인은 거울이 달린 옷장으로 가더니 커다란 보석함을 꺼냈어요. 그러고는 보석함의 뚜껑을 열어 건네며 말했어요.

"그럼 어디, 마음에 드는 걸로 골라 봐."

르와젤 부인은 보석들을 찬찬히 살피기 시작했어요. 맨 처음에는 반지 몇 가와 진주 목걸이를 구경했어요. 금과 보석을 박아 정성스럽게 만든 베니스제 십자가도 보았지요. 그녀는 거울 앞에서 여러 가지 목걸이를 걸어 보기도 했어요. 일단 목에 걸면 다 아름다워 보여서 쉽사리 마음을 정할 수 없었어요. 그녀는 머뭇거리며 포레스티에 부인에게 물었어요.

"혹시 다른 장신구는 없니?"

"있고 말고. 직접 보도록 해. 나는 어떤 게 네 마음에 들지 잘 모르니까."

그때였어요. 그녀는 검은 공단 상자 속에서 눈부시게 빛나는 다이아몬드 목걸이를 발견했어요. 순간 그녀의 가슴이 쿵쾅거리며 뛰기 시작했어요. 심지어 목걸이를 쥔 손이 부들부들 떨리기까지 했지요. 그녀는 입고 있는 원피스 위에 목걸이를 걸어 보았어요. 거울에 비치는 자신의 모습이 어찌나 황홀하던지, 넋을 잃고 한참을 서 있었어요. 그녀는 주저하며 조심스럽게 물었어요.

"이 목걸이 빌려 줄 수 있니? 이것만 있으면 돼."

"그럼, 물론이지."

그녀는 고마운 마음에 친구를 와락 껴안고 키스를 퍼부었어요. 그리고 그 보배를 소중하게 가지고 도망치듯 집으로 돌아왔어요.

드디어 파티 날이 되었어요.

르와젤 부인은 대성공을 거두었어요. 그녀는 어느 누구보다도 아름다웠으며 우아하고 상냥했어요. 입가에는 항상 부

공단 ··· 두껍고 무늬는 없지만 윤기가 도는 고급 비단.

드러운 미소를 띠고 있었으며, 얼굴은 기쁨으로 약간 상기되어● 있었어요. 파티에 참석한 모든 남자들은 그녀에게서 눈을 떼지 못하며 이름을 물어 왔어요. 관리라는 관리는 모두 그녀와 왈츠를 추고 싶어 했지요. 심지어 장관조차도 그녀를 관심 있게 지켜보았어요.

그녀는 황홀한 마음에 정신없이 춤을 추었어요. 자신의 아름다움이 이끌어 낸 승리와 성공, 남자들의 찬사와 다른 여인들을 이겼다는 우월감●, 그리고 마음속 깊숙한 곳에서 깨어난 화려함에 대한 열망까지! 그 달콤한 영광에 젖어 들어 그녀는 아무것도 생각할 수 없었어요.

그녀가 파티장을 나온 것은 새벽 4시 무렵이었어요. 아내들이 웃고 떠들며 즐기는 동안, 남편과 동료 직원 셋은 이미 자정부터 작은 방에서 잠을 자고 있었어요.

남편은 그녀의 어깨에 집에서 가지고 온 외투를 걸쳐 주었어요. 그 초라한 평상복은 그녀의 화려한 드레스에도, 방금 전 파티의 고상함에도 전혀 어울리지 않았어요. 그녀는 일부러 발걸음을 빨리 했어요. 고급스러운 털외투를 걸친 다른 부인들의 눈에 띄고 싶지 않았던 거예요.

그러자 남편이 그녀를 붙들었어요.

상기되다 … 흥분이나 부끄러움으로 얼굴이 붉어지다.

우월감 … 남보다 자신이 낫다고 여기는 생각이나 느낌.

"기다려요. 이대로 밖에 나갔다가 감기라도 들면 어쩌려고. 내 마차를 불러오리다."

그러나 그녀는 남편의 말을 듣지도 않은 채 재빨리 계단을 내려갔어요.

두 사람은 거리로 나왔지만 마차는 한 대도 없었어요. 그들은 직접 마차를 찾아 걷기 시작했어요. 멀리 지나가는 마차를 볼 때마다 남편이 큰 소리로 마부를 불렀지만, 좀처럼 잡히지 않았어요. 결국 추위에 몸을 덜덜 떨면서 강 쪽으로 내려가야 했지요.

이윽고 그들은 낡아빠진 구식 마차를 잡을 수 있었어요. 파리에서 이 마차는 오직 밤에만 볼 수 있었어요. 낮에는 차마 그 초라한 모습을 드러낼 수 없었기 때문이지요.

낡은 마차는 덜컹거리며 그들을 마르티르 거리에 있는 작은 집까지 데려다 주었어요. 두 사람은 어딘가 서글픈 마음으로 계단을 올랐어요. 그녀는 '이대로 파티가 꿈처럼 끝나 버린 걸까?' 하는 아쉬움에 어쩔 줄을 몰랐어요. 반면 남편은 이제 곧 날이 밝으면 출근해야 한다는 부담감에 몸을 떨고 있었지요.

집에 들어선 그녀는 어깨에 두른 외투를 벗고 거울 앞에 섰어요. 아름답게 치장한 자신의 모습을 마지막으로 한 번만 더

감상하기 위해서였지요. 그러나 거울을 보는 순간, 그녀의 입에서는 비명이 흘러나왔어요. 목에 걸고 있었던 그 다이아몬드 목걸이가 사라져 버린 거예요!

옷을 갈아입던 남편이 화들짝 놀라 물었어요.

"도대체 무슨 일이야?"

그녀는 남편을 돌아보며 넋이 나간 듯 중얼거렸어요.

"여보, 어떻게 해요? 목걸이가 없어요. 포레스티에 부인의 목걸이가 없단 말이에요……."

남편이 벌떡 일어섰어요.

"뭐라고? 그럴 리가 없어. 분명 어딘가에 있을 거라고!"

그들은 외투 안쪽과 호주머니를 샅샅이 뒤졌어요. 혹시 몰라 옷 주름 사이사이까지 모조리 살폈어요. 하지만 목걸이는 온데간데없었어요.

남편이 물었어요.

"무도회장을 나올 때는 분명히 있었소?"

단편 소설

단편 소설이란 말 그대로 길이가 짧은 형태의 소설이에요. 보통 200자 원고지 70매 내외의 분량을 말해요. 단편 소설은 대개 적은 수의 등장인물을 중심으로 이야기가 짤막하게 전개되고 사건이 간결하게 표현돼요. 장편 소설에는 여러 가지 사건들이 서로 얽혀 나타나지만, 단편 소설은 하나의 사건이 하나의 상황 속에서 단일하게 제시되기 때문에 이야기의 구성이 단순하지요.

"그럼요. 무도회장 입구에서 만져 보았어요."

"그럼 길거리에서 떨어뜨린 건가? 하지만 아무런 소리도 못 들었는걸. 아무래도 마차에서 잃어버린 모양이야."

"그럴지도 모르겠군요. 당신, 마차 번호 기억해요?"

"아니, 아예 번호를 못 봤어. 당신은?"

"나도 못 봤어요."

그들은 멍하니 서로를 마주 보았어요. 지금 이 상황이 너무나 기가 막혀 어찌할 바를 몰랐지요. 잠시 후 남편이 옷을 갈아입었어요.

"잠시 밖에 다녀오리다. 우리가 온 길 그대로 돌아보고 오겠소."

남편은 밖으로 나갔어요. 그녀는 드레스를 입은 채 의자에 우두커니 앉아 있었어요. 드레스를 벗고 침대에 누울 힘조차 남아 있지 않았어요. 그저 불기 하나 없는 싸늘한 방에서 멍하니 있을 뿐이었어요.

남편은 아침 7시가 되어서야 돌아왔어요. 목걸이는 찾지 못했어요.

그는 경찰서에 신고를 하고, 신문사에 가서 광고도 냈어요. 심지어 소형 마차 조합까지 찾아갔어요. 조금이라도 가능성이 보이는 곳이라면 가리지 않고 여기저기 돌아다녔지요.

르와젤 부인은 이 엄청난 재난에 넋이 나가서는 하루 종일 멍하니 남편이 오기만을 기다렸어요.

남편은 저녁 무렵이 되어서야 집으로 돌아왔어요. 마음고생을 얼마나 심하게 했는지, 안색은 창백하고 두 볼은 움푹 꺼져 있었어요.

남편이 말했어요.

"당신 친구한테 편지를 써요. 목걸이 고리가 망가져서 수선을 맡겼다고 말이오. 일단 시간을 좀 벌어 놓고 좋은 방도가 없나 생각해 봅시다."

그녀는 하는 수 없이 남편의 말대로 포레스티에 부인에게 편지를 썼어요.

그렇게 일주일이 지났어요. 여전히 목걸이는 찾지 못한 채였지요. 이제 그들은 모든 희망을 잃고 말았어요. 그새 5년은 더 늙은 듯한 남편이 결심했다는 듯 입을 열었어요.

"어쩔 수 없소. 그 목걸이와 똑같은 목걸이를 사다 줍시다."

다음 날 그들은 목걸이가 들어 있던 상자를 가지고, 상자에 적혀 있는 보석상을 찾아갔어요. 보석상 주인은 장부를 들추어 보았어요.

"그 목걸이는 저희 가게 상품이 아닙니다. 아무래도 상자만 사 가신 것 같군요."

그들은 기억을 더듬어 가며 잃어버린 것과 똑같은 목걸이를 찾아 이 가게 저 가게 찾아 헤맸어요. 슬픔과 근심에 사로잡혀 어딘가 아픈 사람처럼 보일 정도였어요.

마침내 그들은 한 상점에서 자신들이 찾고 있던 다이아몬드 목걸이와 똑같은 것을 찾아냈어요.

"값은 4만 프랑이지만, 특별히 3만 6천 프랑에 드리지요."

"3일 안에 사러 올 테니 다른 사람에게 팔지 마세요."

그들은 보석상 주인에게 신신당부를 해 두었어요. 혹시 모르니 2월 말까지 잃어버린 목걸이를 찾게 되면, 3만 4천 프랑을 받고 다시 팔겠다는 조건도 붙여 놓았어요.

남편에게는 그의 아버지가 남겨 준 1만 8천 프랑이 있었어요. 모자란 금액은 어디선가 빌려야만 했지요. 남편은 이 사람에게서 1천 프랑, 저 사람에게서 5백 프랑, 여기서 5루이, 저기서 3루이, 닥치는 대로 돈을 꾸었어요. 돈을 빌렸다는 차용• 증서를 쓰고, 전 재산을 담보•로 잡혔으며, 고리대금•을 비롯하여 돈과 관련된 사람들과 모두 계약을 맺었어요. 이 돈을 갚을 수 있을지 없을지는 생각하지도 않은 채 마구잡이로

차용 … 돈이나 물건 따위를 빌려서 씀.

담보 … 돈을 빌릴 때 돈을 갚지 못할 것을 대비해서 빌려 준 사람에게 맡기는 물건.

고리대금 … 이자가 비싼 돈.

서명을 했지요.

　그는 앞으로 닥쳐올 괴로움과 극도로 가난해진 살림살이, 물질적인 궁핍*과 정신적인 고뇌에 대한 두려움으로 몸을 떨었어요. 그러면서도 보석상 계산대 위에 목걸이 값으로 3만 6천 프랑을 올려놓았어요.

　르와젤 부인이 목걸이를 돌려주러 가자, 포레스티에 부인이 좀 쌀쌀맞게 말했어요.

　"이렇게 늦게 주면 어떡하니? 내가 이 목걸이를 써야 했을지도 모르잖아."

　그녀는 친구가 상자를 열어 보지는 않을까 조마조마했어요. 만약 목걸이가 바뀐 것을 알아챈다면 포레스티에 부인은 뭐라고 말할까요? 설마 자신을 도둑이라고 생각하는 건 아닐까요? 하지만 다행히 포레스티에 부인은 상자를 열어 보지 않았어요.

　르와젤 부인은 이미 가난의 무시무시함을 잘 알고 있었어요. 그녀는 비장한 결심을 했어요. 이제부터는 허리를 졸라매서 목걸이 값으로 빌린 어마어마한 빚들을 모두 갚기로 한 거예요. 그들은 가정부를 내보내고 다른 집의 다락방에 세를 들어 이사했어요.

궁핍 … 몹시 가난함.

가정부가 사라지자 그녀는 집안일과 부엌일이 얼마나 고된 것인지 깨달았어요. 기름 낀 그릇과 냄비 바닥을 박박 문질러 닦느라 고왔던 분홍빛 손톱이 모두 망가져 버렸어요. 그뿐인가요? 그녀는 더러워진 속옷과 셔츠, 걸레를 빨아 빨랫줄에 널어 말렸어요. 아침마다 큰길까지 쓰레기를 들고 나가야 했고, 수돗물을 받아 낑낑대며 계단을 올라와야 했어요. 양동이가 어찌나 무거운지 매 층마다 잠시 멈추어 숨을 돌려야만 했지요.

그녀는 허름한 차림새로 장바구니를 들고 채소 가게와 반찬 가게, 정육점에 갔어요. 물건을 살 때면 창피함을 무릅쓰고 욕을 먹을 정도로 값을 깎아야만 했어요. 그렇게 눈물겨운 노력으로 한 푼 두 푼씩 돈을 모았지요. 또 매달 어음*을 지불하고, 다른 어음으로 바꿔 써 주며 지불 날짜를 미루어 나갔어요.

남편은 남편대로 저녁에는 어느 가게에서 장부를 정리하는 일을 하고, 밤에는 서류를 대신 써 주며 푼돈을 벌었어요.

이런 생활이 무려 10년간이나 계속되었어요. 이렇게 해서 르와젤 부인과 남편은 드디어 10년 만에 모든 빚을 다 갚았어요. 고리대금의 이자에 이자가 붙고, 그 이자에 또 이자가 붙

어음 … 돈을 주기로 약속한 쪽지.

은 것까지도 모조리 다 갚았어요.

그사이 르와젤 부인의 미모도 다 바래어, 이제는 할머니 같은 모습이 되었어요. 가난에 찌든 얼굴과 억세고 거친 행동거지까지, 영락없는 가난뱅이 아낙네였어요.

이제 그녀는 머리도 제대로 빗지 않고, 치마를 아무렇게나 걷어 올린 채 다녔어요. 큰 소리로 떠들면서 찬물을 끼얹으며 발갛게 부르튼 손으로 마룻바닥을 닦았지요. 하지만 남편이 출근한 뒤 혼자 있을 때면, 창가에 기대어 문득 그날의 무도회를 떠올려 봤지요. 눈부신 모습으로 수많은 이들의 찬사를 받았던 그때 그 무도회 말이에요.

만약 그녀가 목걸이를 잃어버리지 않았다면, 지금쯤 어떤 인생을 살고 있었을까요? 그건 아무도 모를 일이에요. 그러니 인생이란 정말 이상야릇하지요. 사소한 일 하나로 인생이 송두리째 무너져 내리기도 하고, 무한한 행복을 누릴 수도 있으니까요!

그러던 어느 일요일이었어요. 일주일 내내 일을 한 그녀는 혼자 샹젤리제 거리를 걷고 있었어요. 그러다 문득 아이를 데리고 가는 한 여인을 보게 되었어요. 여전히 젊고 아름답고 매력적인 그 여인은 바로 포레스티에 부인이었어요.

르와젤 부인은 가슴이 턱 막혀 왔어요.

'가서 말을 걸까? 그래, 이제 빚도 다 갚았으니 말해도 상관 없을 거야.'

그녀는 친구에게 가까이 다가갔어요.

"잔느, 그동안 잘 지냈니?"

그러나 포레스티에 부인은 그녀를 전혀 알아보지 못했어요. 오히려 초라한 행색의 여자가 자신을 정답게 부르자 깜짝 놀라고 말았지요. 포레스티에 부인이 머뭇거리며 입을 열었어요.

"저 부인, 사람을 잘못 본 모양이군요."

"무슨 소리야, 잔느. 나야 나, 마틸드 르와젤."

순간 포레스티에 부인이 소리를 질렀어요.

"뭐, 마틸드? 세상에나, 너 참 많이 변했구나……."

"그동안 고생을 좀 했거든. 너를 마지막으로 만났을 때 기억하니?

3만 6천 프랑은 오늘날 얼마 정도일까?

목걸이 값인 3만 6천 프랑은 얼마나 큰 액수이기에 르와젤 부인이 긴 세월 동안 힘들게 일해야 했을까요? 「목걸이」의 배경이 된 19세기 프랑스는 화폐를 금으로 계산해서 나타냈어요. 금의 가치가 19세기와 지금 별 차이가 없다고 가정하고 계산해 보면 당시의 3만 6천 프랑은 오늘날 우리 돈으로 환산했을 때 약 4억 2천만 원이라고 해요.

그 후부터 정말 지독한 가난에 시달려야 했지. 그게 다 네 다이아몬드 목걸이 때문이었어."

"목걸이라니, 그게 무슨 소리야?"

"기억해? 내가 장관 댁 파티에 갈 때 네 다이아몬드 목걸이를 빌렸었잖아."

"그래, 그런데?"

"내가 그걸 잃어버렸지 뭐야."

"뭐? 하지만 너 나한테 목걸이를 돌려주었잖니."

"그건 똑같이 생긴 다른 목걸이였어. 우리 부부가 그 목걸이 값을 갚는 데 꼬박 10년이 걸렸단다. 너도 알다시피…… 우리 같은 가난한 월급쟁이가 무슨 수로 그런 걸 살 수 있었겠니. 하지만 결국 다 갚았단다. 지금 나는 정말 기쁘고 후련해!"

포레스티에 부인은 자리에 우뚝 멈추어 서서 떨리는 목소리로 물었어요.

"그러니까 너, 새 다이아몬드 목걸이를 사서 나한테 주었다는 거니?"

"그래. 너는 모르고 있었지? 그럴 만도 해. 내가 봐도 정말 똑같이 생긴 것이었으니까."

르와젤 부인은 기쁘다는 듯이 순진한 얼굴로 생글생글 웃었어요. 그 모습을 본 포레스티에 부인은 울먹이며 친구의 손을 덥석 쥐었어요.

"오, 가엾은 마틸드! 그 목걸이는 가짜였어. 기껏해야 500프랑이면 살 수 있는 가짜였단 말이야……."

「의자 고치는 여자」

기 드 모파상

> 이제 소녀는 매일 소년의 생각만 했습니다. 단 한순간도 소년을 그리워하지 않는 날이 없었습니다. 눈을 감으면 지그시 웃던 소년의 얼굴이 떠올랐습니다. 소년 역시 소녀가 마을에 오기만을 기다렸습니다. 그래서 소녀가 마을에 나타나면 쏜살같이 달려가 맞아 주는 것이었습니다. 소녀의 가슴은 기쁨으로 터질 것만 같았습니다.

베르트랑 후작의 저택에서 그해 사냥철의 시작을 축하하는 성대한 연회가 열렸어요. 연회가 끝날 무렵, 사냥꾼 열한 명과 부인 여덟 명, 그리고 이 지방의 의사가 커다란 탁자 주위에 둘러앉았어요. 탁자 위에는 온갖 과일과 아름다운 꽃들이 놓여 있었고, 천장 위에서는 화려한 샹들리에가 눈부신 빛을 뿜냈어요.

식탁에 앉은 사람들은 사랑을 주제로 이야기꽃을 피웠어요. 시간이 지나자 이들은 사람이 일생 동안 진실한 사랑을 몇 번이나 할 수 있는지를 두고 치열한 논쟁을 벌였어요. 몇몇 이들은 진실한 사랑이란 일생에서 단 한 번뿐이라고 주장했어요. 그러면서 평생 동안 오직 단 한 사람만 열렬히 사랑한 사람들의 예를 늘어놓았어요. 반면 사람은 몇 번이고 진실한 사

이야기 속 이야기, 액자 구성

문학 작품에서 이야기 속에 하나 또는 그 이상의 이야기가 들어 있는 구성 방식을 '액자 구성'이라고 해요. 액자의 틀 속에 사진이 들어 있듯이 하나의 이야기 속에 또 다른 이야기 구조가 들어 있기 때문에 액자 구성이라는 이름이 붙었어요.

액자 구성은 내부 이야기가 신빙성 있어 보이게 해 주고, 다각적으로 이야기를 전개할 수 있는 장점을 가져요.

랑을 할 수 있다고 주장하는 이들도 있었어요. 이들 역시 그 증거로 몇 차례나 열렬한 사랑에 빠졌던 사람들의 경험담을 내세웠어요.

대체로 남자들은 사랑이란 전염병과 같아서 한 사람이 몇 번이고 걸릴 수 있다고 주장했어요. 이때 두 사람을 가로막는 장애물이 있다면, 사랑은 더욱 뜨겁게 불타오를 거라고도 했지요. 하지만 여자들의 의견은 달랐어요. 그도 그럴 것이, 아무래도 여자들은 남자들에 비해 감정을 중시하는 면이 있으니까요. 여자들은 사랑을 벼락에 비유했어요. 사랑에 빠진 사람은 그 사랑에 아달파하느라 마음이 마치 불타 버린 재처럼 황폐해진다는 거예요. 그래서 또 다른 사랑이 찾아와도 결코 싹을 틔울 수 없다고 이야기했어요.

한편 저택의 주인인 베르트랑 후작은 꽤 여러 차례 사랑에 빠졌던 경험이 있었어요. 그래서 여자들의 주장에 대해 강력히 반대하고 나섰어요.

"이 자리에서 분명히 말하자면, 사람은 자신의 영혼을 전부 바치는 그런 사랑을 몇 번이고 할 수 있습니다. 여러분은 두 번째 사랑이 불가능하다는 증거로 사랑 때문에 자살한 사람들의 예를 들었습니다. 하지만 나는 이렇게 말하고 싶습니다.

만약 그들이 스스로 목숨을 끊는 어리석은 짓을 저지르지 않았다면, 사랑의 상처는 아물고 분명 새로운 사랑의 기회가 찾아왔을 거라고요! 그리고 그들은 몇 번이고 다시 사랑했을 것입니다. 사랑에 빠진 사람은 술꾼과도 같습니다. 술도 마셔본 사람이 계속 마시는 것처럼, 사랑의 맛을 아는 사람은 또다시 사랑을 합니다. 그러니 이건 개개인의 기질에 달린 문제라 이겁니다."

토론이 좀처럼 끝날 기미가 보이지 않자, 사람들은 의사에게 의견을 구했어요. 의사는 원래 파리에서 병원을 운영했는데, 나이가 들자 은퇴하고 이곳에 와 머물고 있었지요. 그는 사람들의 부탁에 내심 당황했어요. 그에게는 진실한 사랑이라는 이 주제에 대해 뚜렷한 의견이 없었기 때문이에요. 의사는 잠시 생각에 잠겨 있다가 입을 열었어요.

"후작께서 방금 말씀하셨듯이, 사랑에 빠지는 것은 개개인의 특성에 따라 다릅니다. 제 경험은 아니지만, 55년 동안 한 사람만을 그리다 결국 죽어서야 비로소 막을 내리게 된 정열적인 사랑에 대해 저는 알고 있답니다."

그러자 후작 부인이 손뼉을 치며 기뻐했어요.

"어머나, 어쩌면 그렇게 아름다운 사랑을 할 수 있지요? 정

기질 … 사람의 재능과 타고난 성질.

말 꿈 같은 이야기네요. 그토록 열렬하고 애틋한 사랑을 받다니, 그 남자는 분명 행복했을 거예요. 생각해 봐요, 그런 사랑을 무려 55년이나……. 얼마나 축복받은 인생인가요?"

의사는 살짝 미소를 지었어요.

"맞습니다. 부인의 말씀대로, 55년 동안 사랑을 받았던 이는 남자였습니다. 그것도 부인께서 잘 아시는 약사 슈케 씨랍니다. 열렬한 사랑을 쏟아 부었던 여자 또한 아실 겁니다. 그녀는 해마다 이 저택에 의자를 고치러 왔으니까요. 자, 주인공들이 밝혀졌으니 이제 좀 더 자세한 이야기를 해 볼까요?"

의사의 말에 여자들은 흥미를 잃고 말았어요. 방금 전까지만 해도 얼굴에 서려 있던 기대감과 흥분은 모두 사라진 지 오래였어요. 심지어는 "흥!"하고 입을 삐죽거리며 불편한 심기를 드러내는 사람도 있었어요. 그들은 사랑이란 신분이 높고 고상한 이들만이 누릴 수 있는 것이라 생각했어요. 상류 계급이 아닌 늙은 노파의 사랑 이야기 따위는 듣고 싶지 않았지요.

의사는 개의치 않고 말을 이었어요.

석 달 전, 나는 한 노파가 죽어간다는 연락을 받고 급히 달려갔습니다. 의자를 고치는 바로 그 노파였지요. 그녀는 전날

마차를 타고 이 마을에 도착했습니다. 여러분도 보셨을 겁니다. 늙고 비쩍 마른 말이 끄는 낡아빠진 마차 말입니다. 이 마을 저 마을 떠돌아다니던 노파에게는 집이나 다름없는 마차였지요. 그녀의 오랜 친구이자 호위* 기사인 개 두 마리도 함께 왔습니다.

마차에 도착하니 이미 신부님께서 와 계시더군요. 노파는 우리 두 사람을 유언 집행인으로 정했습니다. 그리고 자신의 마지막 뜻을 전하기 위해 우리에게 여태까지 살아온 이야기를 해 주었습니다. 나는 지금까지 그보다 더 슬프고 안타까운 이야기를 들어 본 적이 없었습니다.

그녀의 부모님은 의자를 고치는 사람이었습니다. 마차를 타고 이곳저곳 돌아다니며 의자를 고쳐 주고 돈을 벌었지요. 그녀는 평생 땅 위에 지은 집에서 살아 보지 못했습니다. 아주 어렸을 때부터 누더기를 걸치고 이가 들끓는 지저분한 꼴로 떠돌이 생활을 했었지요. 마을 어귀에 잠시 마차를 세우면 말은 풀을 뜯고, 개는 콧잔등에 발을 올려놓은 채 잠이 들었습니다. 부모님이 나무 밑에서 의자를 고치면, 어린 소녀는 홀로 풀밭을 뒹굴며 시간을 보냈습니다.

이 움직이는 집에서 식구들은 거의 말을 섞지 않았습니다.

호위 … 따라다니며 곁에서 **보호하고 지킴.**

마을로 들어가 "의자 고치세요!" 하고 소리칠 사람을 정하는 것이 대화의 전부였습니다. 필요한 말을 두세 마디 주고받은 뒤에는 마주 보거나 나란히 앉아 새끼를 꼬곤 했지요.

가끔 소녀가 너무 멀리 가거나 마을의 개구쟁이들과 어울리려고 하면, 아버지는 화를 내며 엄하게 꾸짖었습니다.

"이 몹쓸 계집애가, 당장 이리 오지 못해?"

그것이 어린 소녀가 유일하게 들을 수 있었던 애정 어린 말이었습니다.

그로부터 몇 년이 흘렀습니다. 부모는 그녀에게 망가진 의자의 뼈대 부분을 모아 오게 했습니다. 부서진 의자 조각을 찾아 돌아다니면서, 소녀는 마을의 개구쟁이들과 사귀게 되었습니다. 그러자 이번에는 마을 아이들의 어머니들이 화를 내기 시작했습니다. 소녀가 자기 자식과 놀고 있으면, 밖으로 달려 나와 이렇게 외치는 것이었습니다.

"얘야, 어서 이리 오렴. 거지 애하고 놀면 안 된다고 했잖니!"

간혹 사내아이들이 돌을 집어던지는가 하면, 부잣집 부인들은 몇 푼씩 돈을 쥐어 주기도 했습니다. 소녀는 그렇게 받은 돈을 차곡차곡 모아 두었습니다.

소녀가 열한 살 때의 일입니다. 이곳저곳 떠돌던 소녀는 마침 이 마을까지 오게 되었습니다. 그러다 우연히 공동묘지 뒤에서 울고 있는 소년 슈케 씨를 발견했습니다. 슈케 씨는 친구에게 동전 두 닢을 빼앗겨 분한 나머지 눈물을 뚝뚝 흘리고 있었습니다. 잘사는 집 아이들은 항상 행복한 웃음만 지을 거라 생각하던 소녀에게, 슈케 씨의 눈물은 충격으로 다가왔습니다. 그렇게 이 부잣집 소년의 눈물은 한 소녀의 마음과 인생을 송두리째 뒤흔들어 놓았습니다.

소녀는 소년에게 조심스레 다가갔습니다. 소년이 슬퍼하는 모습을 본 소녀는 그동안 모아 두었던 자신의 돈 전부를 소년의 손에 살며시 쥐어 주었습니다. 돈을 받은 소년은 금세 눈물을 그쳤습니다. 그러자 소녀는 기쁜 마음에 자신도 모르게 소년에게 키스를 했습니다.

소년은 자신이 받은 돈에 정신이 팔려 소녀를 그냥 내버려 두었습니다. 고개를 돌리지도, 자신을 떠밀지도 않자 신이 난 소녀는 한 번 더 입을 맞추었습니다. 그리고 두 팔을 벌려 소년을 꼭 껴안은 뒤 후다닥 달아났습니다.

이 가엾은 소녀의 마음속에서 도대체 무슨 일이 벌어진 것일까요? 어느덧 소녀는 소년을 사랑하게 되었습니다. 소중히

모아 온 돈을 소녀에게 전부 주었기 때문일까요? 아니면 난생
처음으로 애정 어린 입맞춤을 했기 때문일까요? 사랑의 신비
로움이란 어른 아이 가리지 않고 찾아오는 것인가 봅니다.

마을을 떠난 뒤에도 소녀는 계속해서 소년의 꿈을 꾸었습
니다. 이제 소녀의 마음속에는 다시 소년을 만나고 싶다는 바
람만이 가득했습니다. 소녀는 부모님의 돈을 조금씩 훔치기
시작했습니다. 의자를 고치고 받은 돈에서 몇 푼, 반찬거리를
사 오라고 받은 돈에서 또 몇 푼……. 그렇게 소녀는 한 푼 두
푼 동전을 모았습니다.

얼마 후 다시 이 마을에 돌아왔을 때, 소녀의 주머니에는 어
느새 2프랑이나 들어 있었습니다. 하지만 소녀는 그토록 그리
워하던 그 약국집 소년을 멀리서 지켜볼 수밖에 없었습니다.
소년은 약국에 진열된 붉은 유리병과 곤충 표본● 사이로 잠깐
씩 보였습니다. 알록달록한 약물과 반짝반짝 빛나는 유리병
때문일까요? 소년은 더욱 아름답게만 보였습니다. 그렇게 소
녀는 예전보다 더욱 더 그를 사랑하게 되었습니다. 그렇게 소
녀는 결코 지울 수 없는 추억을 가슴속에 깊이 간직했습니다.

이듬해, 소녀는 다시 이 마을에 오게 되었습니다. 그리고
학교 뒤뜰에서 친구들과 구슬치기를 하던 소년을 발견했습니

표본 … 생물의 몸 전
체나 그 일부에 적당한
처리를 가하여 보존할
수 있게 한 것.

다. 소녀는 벅찬 마음에 소년을 와락 껴안고 키스를 퍼부었습니다. 깜짝 놀란 소년은 왈칵 울음을 터뜨렸지요. 소녀는 다급한 마음에 주머니 속에 있던 돈을 전부 꺼내 소년에게 주었습니다. 3프랑 20수, 정말 거금이었지요. 소년은 눈이 휘둥그레져서는, 소녀가 마음껏 입을 맞추도록 허락해 주었습니다.

그렇게 4년이 흘렀습니다. 그동안 소녀는 자신이 모든 돈 전부를 늘 소년에게 주었습니다. 그러면 소년은 키스하게 해 주는 대가라 생각하고 돈을 받아 호주머니에 넣었습니다. 어느 때는 30수, 어느 때는 2프랑, 어느 때는 12수……. 12수를 주면서 소녀는 울었습니다. 돈이 너무 적어서 슬프기도 하거니와 부끄러워 견딜 수 없었던 것입니다. 하지만 그해에는 벌이가 신통치 않았기에 어쩔 수 없었지요. 그래도 마지막에는 무려 5프랑이나 주었습니다. 크고 빛나는 은화를 받은 소년은 함박 미소를 지었습니다.

이제 소녀는 매일 소년 생각만 했습니다. 단 한순간도 소년을 그리워하지 않는 날이 없었습니다. 눈을 감으면 지그시 웃던 소년의 얼굴이 떠올랐습니다. 소년 역시 소녀가 마을에 오기만을 기다렸습니다. 그리고 소녀가 마을에 나타나면 쏜살같이 달려가 맞아 주었습니다. 소녀의 가슴은 기쁨으로 터질 것만 같았습니다.

　그러나 언젠가부터 소년의 모습이 더 이상 보이지 않았습니다. 소년의 부모가 그를 다른 마을에 있는 중학교로 보낸 것입니다. 소녀는 소년이 돌아오는 방학에 맞추어 마을에 들르도록 부모를 설득했습니다. 장사 계획을 바꾸는 것이기 때문에 소녀는 부모의 마음을 돌리기 위해 무려 1년 동안이나 애를 써야만 했습니다. 그렇게 소녀는 무려 2년 동안이나 소년을 보지 못한 채 지내야 했습니다.

　가까스로 다시 만난 소년은 몰라보게 변했습니다. 키는 훌쩍 컸고 예전보다 더욱 멋있어졌습니다. 금단추가 달린 교복을 입은 소년의 모습은 매우 늠름해 보였습니다. 하지만 소년은 소녀를 못 본 체하며 그대로 지나쳤습니다. 소녀에게 눈길한 번 주지 않은 채 거만하게 걸어갔지요.

　소녀는 슬픈 나머지 이틀 내내 울었습니다. 소녀의 마음속 깊은 곳에서 슬픔과 고통이 자라났습니다. 그때부터 소녀는 끝없이 괴로워했습니다. 해마다 마을에 와 소년을 보았지만 인사조차 하지 못했습니다. 소년이 모른 체하는 이상, 소녀는 그에게 말을 걸 수 없었습니다. 그 정도로 소년을 애타게 사랑했던 것입니다.

죽기 직전, 그녀가 나에게 이런 말을 하더군요.

"선생님, 그는 제가 이 세상에서 만난 처음이자 마지막 남자예요. 그 사람 때문에, 저는 여태껏 다른 남자들의 존재조차 느끼지 못한 채 살아왔답니다."

세월이 흘러 그녀의 부모님이 세상을 떠났습니다. 그녀는 부모님이 하던 일을 그대로 물려받았습니다. 그녀는 여태 해왔듯이 이 마을 저 마을을 돌아다니며 의자를 고쳤습니다. 딱 하나 달라진 것이 있다면, 한 마리였던 개가 두 마리로 늘어난 것뿐이었습니다. 개들이 어찌나 사납던지, 다른 사람들은 함부로 다가갈 수조차 없었지요.

그러던 어느 날, 그녀는 꿈에서조차 그리던 이 마을에 다시 오게 되었습니다. 그러다 그토록 사랑했던 그 남자가 젊은 여자와 다정하게 팔짱을 끼고 약국에서 나오는 모습을 보게 되었습니다.

그렇습니다, 그 사이 슈케 씨는

자연주의 문학

'자연주의'는 사실적인 묘사와 과학적인 환경을 중시하는 문학의 한 갈래를 말해요. 자연주의 작가들은 거칠고 인간의 욕망을 드러내는 작품을 많이 쓰고 있지요.

모파상은 자연주의의 대표적인 작가로 꼽히고 있어요. 모파상은 간결한 문장과 군더더기 없는 표현을 즐겨 쓰고 이상한 성격의 인물을 자주 등장시켜요. 이를 통해 다양한 삶의 모습들이 생생하게 잘 드러나고 있어요.

결혼을 했던 것입니다.

그날 밤, 그녀는 슬픔을 이기지 못하고 마을의 연못에 몸을 던졌습니다. 다행히 밤늦게 지나가던 술꾼이 그녀를 물에서 건져 약국으로 데려갔습니다. 아버지의 뒤를 이어 약국을 운영하고 있던 슈케 씨가 응급 처치를 해 주었습니다. 여전히 그녀를 생판 모르는 사람처럼 대하면서 말이지요. 슈케 씨는 마른 수건으로 물기를 닦아 주었습니다. 그러다 무뚝뚝한 목소리로 한마디 툭 던졌습니다.

"당신, 미쳤소? 이런 멍청한 짓을 하다니!"

순간 그녀는 그동안 자신을 괴롭혔던 슬픔과 고통에서 벗어날 수 있었습니다. 드디어 그가 그녀에게 말을 건네 준 겁니다! 그녀는 아주 오랫동안 행복에 잠겨 있었습니다. 그녀는 치료비를 내려 했지만 슈케 씨는 끝내 받지 않았습니다.

이처럼 그녀의 생애는 온통 소년을 중심으로 흘러갔습니다. 그녀는 슈케 씨를 생각하며 의자를 고쳤습니다. 매년 이 마을에 올 때면 제일 먼저 약국에 들러 유리창 너머로 비치는 그의 얼굴을 훔쳐보았습니다.

어느새 그녀는 슈케 씨의 약국에 들어가 직접 약을 사기 시작했습니다. 별 필요 없는 자질구레한 의약품들이었지요. 슈케 씨의 얼굴을 마주하고 사소한 대화를 나누면서, 여전히 그에게 돈을 준 셈입니다.

처음에 말씀드렸듯이, 그녀는 올 봄에 죽었습니다. 일생 동안 오로지 한 사람만을 사랑해 온 이 슬픈 이야기를 들려주면서, 그녀는 나에게 한 가지 부탁을 했습니다. 자신이 평생 모아 온 재산 전부를 슈케 씨에게 전해 달라는 것이었습니다. 그를 위해 제대로 입지도 먹지도 못한 채 악착같이 일해서 모은 돈이었지요. 그러면 세상을 떠난 뒤에도 슈케 씨가 한 번쯤은 자신을 기억해 주지 않을까 생각했다는 것입니다.

그녀는 나에게 2,327프랑을 주었습니다. 나는 그중 28프랑을 장례비로 신부님에게 드렸습니다. 그리고 나머지 돈은 모두 집으로 가지고 갔습니다.

다음 날 나는 슈케 씨의 집으로 향했습니다. 마침 슈케 씨부부는 이제 막 점심 식사를 끝낸 참이었습니다. 두 사람 다 뚱뚱하게 살이 올랐으며, 불그레한 얼굴에 약품 냄새를 풍기며 거만하게 앉아 있었습니다.

그들은 나에게 의자를 권한 뒤 앵두로 만든 술을 한 잔 따라 주었습니다. 나는 술을 한 모금 마신 뒤 노파의 사랑 이야기를 시작했습니다. 말하면서도 어찌나 목이 메던지, 그들 역시 이 애절한 사랑 이야기에 감동의 눈물을 흘릴 거라 생각했습니다.

　하지만 슈케 씨의 반응은 전혀 뜻밖이었습니다. 그는 집도 없는 거지, 그것도 겨우 의자나 고치는 노파 따위가 자신을 사랑해 왔다는 사실에 불같이 화를 냈습니다. 급기야는 의자에서 일어나 펄쩍펄쩍 뛰기까지 했습니다. 자신이 평생 동안 쌓아 온 명성과 권위, 품위, 존경……. 그 모든 것들을 그녀가 훔쳐가 버리기라도 한 것처럼 말입니다.

　슈케 씨의 부인 역시 남편 못지않게 길길이 날뛰며 이렇게 외쳤습니다.

　"아니, 그 거지 노파가! 거지 주제에 감히……."

　얼마나 어이가 없었으면, 부인은 말도 제대로 잇지 못했습니다. 너무 화가 난 나머지 해야 할 말조차 잊어버린 것입니다.

　슈케 씨는 식탁 주위를 성큼성큼 걸어 다녔습니다. 머리에 쓴 터키모자의 한쪽이 미끄러져 내려온 사실조차 모르는 듯했습니다. 아직도 화가 가라앉지 않았는지, 더듬거리며 이렇게 말하더군요.

　"선생님, 정말 끔찍한 일이 아닙니까? 입장 바꿔 생각해 보세요. 허, 어떻게 이런 일이 있을 수 있지! 기가 막혀서

명성 … 세상에 널리 퍼진 이름.

원······. 선생님, 말씀해 보세요. 제가 어떻게 하면 좋겠습니까? 그 거지가 살아 있을 때 알았더라면 당장 감방에 처넣었을 겁니다. 죽을 때까지 절대 못 나오도록 말이지요!"

나는 차마 무슨 말을 해야 할지 알 수 없었습니다. 마음 같아서는 당장 약국을 나와 집으로 가고만 싶었습니다. 하지만 그녀의 마지막 부탁은 꼭 들어주어야 했습니다. 나는 가까스로 입을 열었습니다.

"그 노파는 죽기 전 당신에게 전해 달라면서 내게 2,300프랑을 맡겼습니다. 평생 모아 온 돈이라고 하더군요. 하지만 당신은 그녀의 이야기를 입에 올리는 것 자체가 매우 불쾌한 모양이군요. 그 돈은 가난한 이들에게 적선하는 게 좋을 듯싶습니다만······."

순간 슈케 씨 부부가 휘둥그리진 눈으로 나를 바라보았습니다. 나는 조용히 식탁 위에 돈을 올려놓았습니다. 돈은 각 지방의 동전들이 뒤섞여 있었습니다. 그녀가 못 먹고, 못 입으며 한 푼 두 푼 모은 눈물겨운 돈이었지요.

"어떻게 하시겠습니까?"

부인이 나를 힐끔 보더니 먼저 입을 열었습니다.

"그게 그 여자의 마지막 소원이라니······. 거절하는 건 도리가 아니겠네요."

슈케 씨도 약간 멋쩍어하며 말했습니다.

"뭐, 우리 애들 장난감은 사 줄 수 있겠어요."

나는 화를 꾹 참으며 말했습니다.

"그렇군요. 마음대로 하십시오."

그러자 슈케 씨가 다시 말했습니다.

"그럼 우리가 가지는 걸로 하겠습니다. 그 여자가 그렇게 부탁했다니까, 뭐……. 아무쪼록 좋은 곳에 쓰도록 하지요."

나는 돈을 건넨 뒤, 뒤도 안 돌아보고 밖으로 나왔습니다.

그런데 이튿날, 슈케 씨가 나를 찾아왔습니다. 그러더니 다짜고짜 이렇게 묻는 것이었습니다.

"선생님, 노파가 쓰던 마차 아시지요? 분명 이 근방에 두었을 텐데……. 그 마차는 어떻게 하실 겁니까?"

"아무 계획 없습니다. 원하신다면 가져가시지요."

"그거 참 잘됐습니다. 안 그래도 그 마차로 채소밭에 오두막을 지으려고 했거든요."

나는 마차로 향하는 슈케 씨를 불러 세웠습니다.

"늙은 말과 개 두 마리도 있는데, 가져가시겠습니까?"

슈케 씨는 깜짝 놀라 멈춰 섰습니다. 그러더니 두 손을 황

급히 내저으며 말했습니다.

"천만에요! 그런 쓸모없는 걸 가져다가 어디에 쓰겠습니까? 선생님 마음대로 하세요."

슈케 씨는 꽤나 흡족한지 함박 웃으면서 나에게 악수를 청했습니다. 나는 그가 내민 손을 잡았습니다. 어쩌겠습니까? 한 마을에 사는 의사와 약사가 서로 적이 될 수는 없는 법이니까요.

나는 개 두 마리를 집으로 데려왔습니다. 말은 신부님이 맡아 주시기로 했습니다. 아무래도 사제관에는 넓은 뜰이 있으니까요. 마차는 산산이 분해되어 슈케 씨의 채소밭용 오두막 집이 되었습니다. 슈케 씨는 그녀에게 받은 돈으로 철도의 주식을 다섯 주나 샀다고 하더군요.

자, 이 이야기가 바로 내가 아는 유일하고도 가장 진실한 사랑 이야기입니다.

의사는 말을 마치고 입을 굳게 다물었어요. 그러자 후작 부인이 눈물을 글썽거리며 이렇게 말했어요.

"이제 확실해졌네요. 이 세상에서 진실한 사랑을 할 수 있는 사람은 우리 여자들뿐이라는 게!"

「저세상으로」
엘런 펠린

> 나는 가난하니까 천국에는 가지 못할 거야. 간신히 천국의 문 앞까지 간다고 해도 곧 지옥으로 내쫓기고 말겠지. 천국이란 훌륭하거나 돈 많은 사람들만 가는 곳이니까 말이야. 옷은 다 해져서 너덜거리고, 손은 온통 터서 굳은살뿐인 이 늙은이를 들여보내 줄 리는 없겠지. 나는 팔십 평생을 개처럼 고통스럽게 살아왔어. 이제는 쉴 때도 됐지. 나는 태어났을 때부터 이미 죄를 지은 나쁜 놈이라고 명부에 적혀 있었을지도 몰라. 나도 한때는 착하게 살아 보려고 했었어. 그랬더라면 참 좋았을 텐데…….

마테이코 할아버지가 돌아가셨다는 소문이 퍼졌어요. 물론 그 소문을 믿는 사람은 아무도 없었지요. 그도 그럴 것이, 마테이코 할아버지는 농담을 좋아하시는 아주 유쾌한 분이셨거든요. 항상 싱글벙글 웃고 다니셨기 때문에 죽음의 신도 왠지 할아버지만큼은 피해갈 것만 같았던 거예요. 그래서 사람들은 마테이코 할아버지가 또 농담을 하셨거니 하고 생각했어요. 하지만 마테이코 할아버지의 마지막 순간을 지켰던 요바 할머니의 이야기를 듣고는, 그제야 할아버지의 죽음이 사실이었다는 것을 깨달았지요.

마테이코 할아버지가 세상을 떠나던 그날, 할아버지는 숲에서 돌아오는 길이었어요. 집에 도착한 할아버지는 당나귀를 헛간에 매어 놓고 집 안으로 들어갔어요. 그러고는 난롯가 근처에 앉아 파이프 담배를 뻐끔뻐끔 피웠지요. 그런데 그 순간, 할아버지는 배에서 극심한 통증을 느끼고 그만 풀썩 쓰러지고 말았어요.

이웃 사람들과 요바 할머니가 달려왔을 때는 이미 늦은 뒤였어요. 가엾은 마테이코 할아버지는 바닥에 쓰러진 채 가쁜 숨만 내쉬고 있었어요. 무슨 일인지, 할아버지가 아끼셨던 회색 당나귀마저 세상을 떠난 뒤였지요. 수녀님처럼 착하고 온순한 당나귀였는데 말이에요.

요바 할머니는 마테이코 할아버지의 심장을 다시 뛰게 하려고 노력했어요. 하지만 할아버지의 심장은 꺼져 가는 불빛처럼 일렁이더니, 다시는 움직이지 않았어요.

마테이코 할아버지가 죽음의 문턱을 기웃거리던 그때, 요바 할머니는 가슴에 성호˙를 그으라고 이야기해 주었어요. 하지만 마테이코 할아버지는 그저 가만히 있을 뿐이었어요. 요바 할머니는 마테이코 할아버지에게 라키˙ 한 잔을 가져다주었어요. 라키를 마신 마테이코 할아버지의 입가에 '빙긋'미소가 떠올랐어요. 흐릿하던 눈빛은 어느새 반짝이며 생기가 돌고 있었지요. 그러나 그것도 잠시, 곧 할아버지의 눈이 지그시 감기고 말았어요.

그래요. 마테이코 할아버지는 웃으면서 돌아가신 거예요. 마테이코 할아버지의 영혼이 천국으로 갔기 때문에 웃으셨던 걸까요? 아니면 죽기 전 마지막으로 마신 라키가 몹시 달콤하게 느껴져서 그러셨던 것일까요? 그 이유는 아무도 알 수 없

성호 ··· 가톨릭교를 믿는 사람이 손으로 가슴에 긋는 십자가를 이르는 말.

라키 ··· 터키나 불가리아 쪽에서 마시는 전통술.

었어요.

불쌍한 마테이코 할아버지는 생전에 자신이 무척이나 아꼈던 회색 당나귀를 타고, 저세상으로 향했어요. 그곳에는 할아버지처럼 여행을 하는 사람들이 많았어요. 그들도 역시 이미 죽어서 천국을 갈지 지옥을 갈지 서성이던 여행자들이었지요. 물론 모든 사람들은 천국에 가고 싶어 했어요.

"착한 당나귀야, 잠깐만 멈춰 보렴."

사거리에 도착한 할아버지는 잠시 당나귀 등에서 내려왔어요. 그리고 주위에 있는 여행자들에게 다가가 인사를 건네며 이렇게 물었어요.

"여보시오, 지옥으로 가는 길이 어디요?"

여행자들은 천국 가는 길이 아닌 지옥으로 가는 길을 묻는 것에

엘린 펠린 (1877~1949)

엘린 펠린은 20세기 초반 불가리아의 대표적인 단편 문학 작가예요. 본명은 디미트르 이바노프이지요. 엘린 펠린은 대학 도서관에서 사서로 일하다가 소설을 쓰기 시작했어요. 그의 작품은 전통적인 이야기 방식을 이어 나가면서도 서정적으로 세상을 묘사하고 있다는 평을 받아요. 그래서 불가리아 문학사에 한 획을 그은 문학가로 평가받고 있지요. 불가리아에는 엘린 펠린의 이름을 딴 마을도 있다고 해요. 엘린 펠린의 주요 작품으로는 단편 소설 「외로운 여자」, 「풍차 방앗간」과 중편 소설 「불결한 힘」, 「게라크 가 사람들」, 「대지」가 있어요.

고개를 갸웃거리며 마테이코 할아버지를 이상하다는 듯이 쳐다보았어요.

"지옥으로 가야 하는데 도통 어느 길이 맞는지 모르겠구먼."

마테이코 할아버지가 더욱 큰 소리로 말했어요. 여행자들은 할아버지에게 지옥으로 가는 길을 가르쳐 주었어요. 도대체 영문을 모르겠다는 듯 어리둥절한 얼굴로 말이에요.

마테이코 할아버지는 다른 사람들의 반응에도 아랑곳하지 않고 당나귀 등에 올라 여행자들이 가리킨 곳을 향해 길을 떠났어요.

할아버지가 중얼거렸어요.

"나는 가난하니까 천국에는 가지 못할 거야. 간신히 천국의 문 앞까지 간다고 해도 곧 지옥으로 내쫓기고 말겠지. 천국이란 훌륭하거나 돈 많은 사람들만 가는 곳이니까 말이야. 옷은 다 해져서 너덜거리고, 손은 온통 터서 굳은살뿐인 이 늙은이를 들여보내 줄 리는 없겠지.

나는 팔십 평생을 개처럼 고통스럽게 살아왔어. 이제는 쉴 때도 됐지. 나는 태어났을 때부터 이미 죄를 지은 나쁜 놈이라고 명부에 적혀 있었을지도 몰라. 나도 한때는 착하게 살아

보려고 했었어. 그랬더라면 참 좋았을 텐데……. 하지만 나는 매일같이 술만 퍼마시며 살았어. 정말 얼마나 많이 마셨는지……. 힘들고 고통스러운 삶을 잊기에는 술만 한 게 없었거든. 그래, 이유야 어쨌든 마신 건 마신 거지. 에휴, 정말 운도 지지리 없구나. 분명 나는 지옥에나 어울리는 인간일 거야. 아, 마침 지옥이 보이는구나!"

마테이코 할아버지는 잠시 심호흡을 한 뒤, 지옥을 향해 뚜벅뚜벅 걸어갔어요. 그때 갑자기 뒤에서 누군가가 할아버지의 옷자락을 휙 잡았어요.

"멈추세요, 할아버지! 어디로 가는 건지는 알고 계신 거예요?"

"저기 지옥으로 가고 있는데……."

마테이코 할아버지가 더듬거리며 말했어요.

"지옥이요? 할아버지, 길을 잘못 드셨어요."

"뭐요? 내가 아무리 어리석은 늙은이라지만 어디로 가야 할지는 제대로 알고 있소! 그러니 나를 그렇게 한심한 눈빛으로 보지 말란 말이오!"

"할아버지, 저는 천사예요. 할아버지를 천국으로 데리고 오라는 임무를 맡았지요. 못 믿으시겠다면 이따가 장부를 확인

해 보세요. 마테이코 할아버지는 천국으로 가야 한다고 적혀 있다고요."

"천사라고요? 에이, 천사님. 가던 길이나 계속 가세요. 천사님이 늙은 영감 가지고 장난치면 안 되지요. 암, 그렇고말고."

천사는 마테이코 할아버지가 좀처럼 자신의 말을 듣지 않을 거라 생각했어요. 그래서 할아버지를 껴안은 채 그대로 천국을 향해 높이 날아올랐어요.

천국은 달콤한 향기로 가득 차 있었어요. 여기저기에서 사람들이 행복한 얼굴로 하늘을 날아다니고 있었지요. 천사들은 하얀 옷을 입고 천국에서만 피는 아름다운 꽃을 쥔 채 노래를 부르고 있었어요.

"하늘과 땅에 가득 찬 영광•, 하늘과 땅을 다스리시는 하느님!"

천사들의 노랫소리가 어찌나 아름답던지, 사람들은 황홀함에 넋을 잃을 정도였어요.

"이봐요, 천사님!"

마테이코 할아버지가 버럭 소리쳤어요.

"도대체 나를 어디로 데려온 거요? 저들이 나를 알아채면 분명 화를 낼 거라고요. 천사님 당신도 혼쭐이 날 겁니다. 이

영광 ··· 세상에서 훌륭하다고 인정되는 이름이나 자랑.

것 봐요, 지금도 나한테서 라키 냄새가 풀풀 나고 있잖아요!"

마테이코 할아버지는 천사의 품에서 빠져나오려고 몸부림을 쳤어요. 마테이코 할아버지가 날뛰면 날뛸수록, 천사는 팔에 더욱 힘을 주고 드넓은 하늘을 날아갔어요.

마침내 그들은 천국의 문에 도착했어요. 금과 보석으로 장식된 문은 태양보다 더 눈부신 빛을 내뿜고 있었어요. 문 앞에는 은으로 된 열쇠를 든 성자 베드로가 서 있었어요. 그는 커다란 장부를 옆구리에 낀 채 두 사람을 기다리고 있던 중이었어요. 마테이코 할아버지를 본 베드로는 장부를 펼치며 물었어요.

"할아버지, 어느 마을에서 오셨나요?"

마테이코 할아버지의 눈앞이 캄캄해졌어요. 이제 더 이상 도망칠 곳은 없었지요. 할아버지는 우물쭈물거리며 조그만 소리로 대답했어요.

"포두에네에서 왔습니다만……."

"포두… 어디요?"

마테이코 할아버지는 베드로가 자신의 말을 제대로 듣지 못했다고 생각했어요. 그래서 큰 소리로 이렇게 외쳤지요.

"포두에네요!"

"어디 보자, 포······ 포·······."

베드로는 한참이나 장부를 넘긴 끝에 포두에네라는 마을을 찾았어요.

"아, 포두에네. 포두에네의 마테이코 할아버지 맞군요."

"네? 그럴 리가요?"

마테이코 할아버지는 믿을 수 없다는 듯이 고개를 설레설레 저으며 외쳤어요.

"베드로님이 혹시 실수하신 게 아니고요?"

그러자 베드로가 벌컥 화를 냈어요.

"실수라니, 그게 무슨 소립니까? 이 장부는 하느님께서 직접 만드셨어요! 천국에 갈 사람들 이름까지 하나하나 손수 적어 넣으셨단 말입니다!"

그러자 마테이코 할아버지가 어쩔 수 없다는 듯이 말했어요.

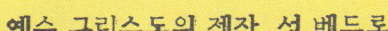

예수 그리스도의 제자, 성 베드로

베드로는 예수 그리스도의 열두 제자 가운데 한 사람이에요. 특히 신약 성경의 복음서와 사도행전에서는 매우 중요한 인물로 등장해요.

예수의 승천 후 베드로는 예수를 대신하여 교회의 새로운 지도자가 되었어요. 베드로는 로마에서 잠깐 동안 교회를 맡아 활동하였으나 네로 황제의 박해에 휘말려 거꾸로 된 십자가에 못 박혀 죽었다고 전해져요. 그의 무덤은 바티칸의 성 베드로 성당 아래에 있어요. 베드로는 예수로부터 하늘나라의 열쇠를 받았기 때문에 로마 가톨릭교회와 동방 정교회에서는 그를 초대 교황으로 여기고 있어요.

"그래요. 일단 베드로님 말씀을 듣겠습니다. 나중에 후회하지나 마세요."

"그게 무슨 말이요?"

"베드로님, 저는 평생을 술독에 빠져 살아왔어요. 제가 생각해도 살면서 스스로 착한 일 한 번 해 본 적이 없단 말입니다."

"그래요. 할아버지는 술을 엄청 마셨죠. 하지만 그게 다 고생을 심하게 했기 때문이었어요. 고통을 이겨내기 위해 술을 마신 거지요? 그래서 할아버지의 죄가 사해진* 거예요."

베드로가 천국의 문을 열어 주며 말했어요.

"그런데 저 베드로님, 제 당나귀는……."

마테이코 할아버지는 자기가 아끼는 회색 당나귀와 함께 천국으로 들어가고 싶었어요. 하지만 베드로는 그대로 할아버지를 천국 안으로 밀어 넣었어요.

그렇게 마테이코 할아버지는 천국으로 들어왔어요.

천국의 아름다운 풍경을 본 마테이코 할아버지는 놀라움에 입을 다물지 못했어요. 순간 고생만 실컷 하다 오래전에 먼저 죽은 부인이 생각났어요.

"술주정뱅이인 나도 왔으니 할멈도 여기 있을 거야. 할멈

사하다 … 지은 죄나 허물을 용서하다.

은 나보다 훨씬 착하고 내 잘못도 기꺼이 용서해 주는 사람이었으니까……. 정말, 할멈이 죽고 나서 얼마나 힘들게 살았던지…….”

마테이코 할아버지는 마침 옆을 지나가던 어린 천사에게 물었어요.

“혹시 여기에 트레나 마테이차라는 할멈이 살고 있니?”

“그 할머니는 어디에서 오셨는데요?”

“그야 당연히 포두에네에서 왔지.”

“아, 그분이라면 지금 천국에 계신답니다.”

어린 천사의 대답에 마테이코 할아버지는 천국이 떠나갈 듯이 큰 소리로 껄껄 웃었어요.

“세상에, 이렇게나 놀라운 일이 있을 수가!”

마테이코 할아버지는 천국의 아름다운 풍경을 처음 보았을 때처럼 기뻐했어요.

“그럼 당연히 니콜라이 신부님도 계시겠지?”

마테이코 할아버지는 어린 천사에게 다시 물었어요.

“누구요?”

“니콜라이 신부님이라고, 포두에네의 작은 교회에 계셨던 분이셔. 그분은 우리에게 적은 이자를 받고 돈을 빌려 주셨

지. 사실 난 그분을 만나기가 부끄럽단다. 그분이 먼저 돌아
가시는 바람에 돈을 다 갚지 못했거든."

"할아버지, 니콜라이 신부라면 지금 지옥에 있어요."

"뭐? 거짓말하지 마라! 신부님은 성인이란 말이야."

마테이코 할아버지가 깜짝 놀라 외쳤어요.

"할아버지, 이곳에서는 신부님이라고 해서 꼭 존경받는 것
만은 아니에요. 게다가 니콜라이 신부는 죄를 지어서 지옥에
간 걸요."

"이런, 더 이상 말하지 말려무나."

마테이코 할아버지는 안타까운 마음에 중얼거렸어요. 그
러나 어린 천사는 계속해서 말했어요.

"할아버지, 니콜라이 신부는 무척이나 욕심 많은 사람이었
어요. 그는 유명하고 훌륭한 사람들만 좋아할 뿐, 속으로는
가난하고 불쌍한 사람들을 무시했어요. 구호품●을 나누어 줄
때도 마찬가지였어요. 마음속에서는 그들을 멸시하면서, 빨
리 이 시간이 지나가기를 하고 바랐지요. 그뿐만이 아니에요.
니콜라이 신부는 매일 비싼 옷을 입고 좋은 음식만 먹으면서,
가난한 사람들이 오는 것조차 싫어했어요. 이게 바로 니콜라
이 신부가 지은 죄랍니다."

구호품 … 지진, 태풍,
홍수 등으로 어려움에
처한 사람들을 도와주
기 위해 보내는 물건.

마테이코 할아버지는 두 손으로 머리를 감쌌어요.

"죄인은 나야. 나는 내가 죄인이라는 것을 알고 있지. 사실 우리 모두는 죄인인 걸. 다만 그걸 모를 뿐이지……. 그래, 이런 이야기는 그만두자꾸나. 라키를 마실 수 있는 곳이나 좀 가르쳐 주렴. 목이 타들어갈 것만 같구나."

그러자 어린 천사가 무슨 소리냐는 듯이 말했어요.

"할아버지, 이곳에는 술집이 없어요."

"뭐? 술집이 없다고?"

"네, 없어요. 정말이에요."

마테이코 할아버지가 외쳤어요.

"이럴 수가! 이처럼 아름다운 곳에 술집이 없다는 게 말이 되니? 천국 사람들은 라키도 안 마시고 어떻게 힘을 내는 거야? 나는 이제 막 이곳에 도착해서 매우 피곤하단다. 땅 위에서 살 때 신부님이 그러셨지. 천국에는 우리가 마음속으로 원하는 그 모든 것이 있다고 말이야. 그런데 천국에 술집이 없다니……. 혹시 지옥에는 술집이 있니? 어차피 나는 지옥으로 가려 했거든."

"지옥에는 얼마든지 있지요."

"그럼 날 지옥으로 데려가 주려무나. 부탁이야. 나는 라키

없이는 살 수 없는 시골 촌놈이거든. 지옥은 고통스럽겠지만 라키만 있다면 참을 수 있을 거야. 그 왜, 술을 마시면 기분이 좋아지잖니.”

“그건 안 돼요. 할아버지는 천국에 계셔야 한다고요.”

“제발 부탁이야⋯⋯.”

그러나 어린 천사는 마테이코 할아버지의 부탁을 단호하게 거절했어요. 마테이코 할아버지는 ‘에휴’ 하고 한숨을 크게 내쉬었어요.

“라키도 없고, 지옥에 맘대로 가지도 못하게 하고⋯⋯. 이곳은 천국이 아니라 감옥이구나!”

“할아버지, 힘내세요. 곧 익숙해지겠지요.”

어린 천사가 마테이코 할아버지의 등을 토닥토닥 두드려 주며 달랬어요.

“에고, 이 나이에 또 무언가에 익숙해져야 한다니!”

사자의 젖, 라키

마테이코 할아버지가 ‘이것이 없이는 살 수 없다’고 했던 ‘라키’는 무엇일까요? 라키는 터키의 전통주로, 엘린 펠린의 나라 불가리아에서도 많은 사랑을 받고 있는 술이에요. 불가리아 사람들은 라키를 보통 ‘메제’라고 부르는 샐러드와 함께 즐긴다고 해요.

라키는 포도 주스와 아니스 열매로 만들어요. 라키를 물에 섞으면 화학 반응이 일어나서 색깔 없이 투명했던 술 색깔이 뿌연 흰색으로 변해요. 이러한 현상 때문에 라키는 ‘사자의 젖’이라는 별명을 갖게 되었어요.

마테이코 할아버지가 여전히 울적한 얼굴로 말했어요. 그러다 문득 좋은 생각을 떠올렸는지, 천사를 향해 이렇게 말하는 것이었어요.

"어린 천사야, 그렇다면 내가 직접 술집을 차리면 어떨까? 그래, 말 나온 김에 하느님을 좀 만나게 해 주렴. 술집에서 라키를 마실 수 있으면 천국은 더 즐거운 곳이 될 거라고 내가 직접 말씀드리마. 생각해 보렴, 술집이 없으면 세금 징수원은 어디서 쉬겠니? 그 사람들에겐 술 한 잔이 삶의 낙이란 말이야."

"할아버지, 무슨 소리예요? 천국에서는 세금을 낼 필요가 없는 걸요."

"뭐? 세금을 안 내도 된다고?"

"네, 세금을 내서 어디다 쓰겠어요?"

「저세상으로」에서 말하는 주제

「저세상으로」에서는 사람이 죽은 뒤의 세계를 보여 주고 있어요. 작품 안에서 살아생전에는 가난하고 술을 좋아하는 마테이코 할아버지가 천국에 가고, 사람들의 존경을 받았던 니콜라이 신부는 지옥으로 가게 되었죠. 분명 땅 위에서는 좋은 자리에서 사람들의 존경을 받은 니콜라이 신부가 천국에 가는 것이 당연하다고 생각했지만 정작 하늘나라에서는 그렇지 않았어요. 마테이코 할아버지는 자기 스스로를 죄인이라 생각하며 반성할 줄 알았어요. 그에 비해 니콜라이 신부는 겉으로는 친절한 척했지만 속으로는 가난한 사람들을 무시하며 높은 사람들에게만 아부를 떨었지요. 결국 마음가짐의 차이가 천국과 지옥을 나눈 거예요. 이렇듯이 작품은 눈에 보이는 것만이 전부가 아니라는 걸 보여 주고 있지요.

순간 마테이코 할아버지는 아까보다 더 큰 목소리로 '껄껄껄!' 웃었어요.

"오, 천국이란 정말로 좋은 곳이로구나!"

마테이코 할아버지는 하늘을 날아갈 듯 기뻐했어요. 방금 전에 이곳은 감옥이라느니, 지옥으로 가고 싶다느니 했던 말은 모두 취소했지요.

"여기가 바로 천국이지!"

이윽고 마테이코 할아버지는 짐을 꾸려 다시 한 번 길을 나섰어요. 천국 어딘가에 있을 할머니를 찾기 위한 여행을 말이에요!

「나무를 심은 사람」

장 지오노

> 외아들이 죽고 아내마저 세상을 떠나면서, 그의 생각은 점차 바뀌었지요. 농장을 처분하고 인적이 드문 곳에서 양 떼와 개를 데리고 한가롭게 살게 된 거예요. 그러다 어느 날 문득 그는 나무가 없어서 이 고장이 점점 죽어 가고 있다는 생각을 하게 되었어요. 달리 할 일도 없으니 이참에 이 땅을 나무가 가득한 곳으로 바꾸리라 마음먹었다고 덧붙였지요.

한 인간의 인격 속에 숨어 있는 드문 자질*을 찾아내기 위
해서는, 오랫동안 그의 행동을 관찰할 수 있어야만 해요. 만
약 그의 행동이 전혀 이기적이지 않고, 그 행동의 밑바탕이
되는 생각이 더없이 고결*하며, 그 행동에 대해 어떠한 보상
도 바라지 않고, 그 행동을 통해서 이 세상에 무언가 흔적을
남겼다면, 우리는 비로소 만난 거예요. 평생 동안 기억해야
할, 그 어떤 소중한 인격을 말이에요.

　지금으로부터 약 40여 년 전의 일이에요. 나는 여행자들에
게 잘 알려지지 않은 높은 산 지대로 여행을 떠나 이곳저곳을
돌아다니고 있었어요. 어느 날 내가 도착한 곳은 아주 오래된
고장으로, 프로방스 지방 안 쪽에 깊숙이 뻗은 알프스 산맥에
위치해 있었어요.
　그 지역의 동남쪽과 남쪽에는 시스트롱과 미라보 사이를
흐르는 뒤랑스 강의 중류가 있었어요. 북쪽에는 강이 있었는
데, 바로 여기서부터 드롬 강이 시작되었지요. 서쪽으로는 콩
타 브네셍 평원과 방투 산의 산자락이 맞닿아 있었어요. 정

자질 … 타고난 성품이
나 소질.

고결 … 성품이 훌륭하
고 깨끗함.

리해 보면 바스잘프 지방의 북부 지역과 드롬 지방의 남부 지역, 그리고 보클뤼즈 지방의 작은 골짜기에 걸쳐져 있는 곳이라 할 수 있었지요.

나는 해발● 1,200미터에서 1,300미터나 되는 그 산악 지대로 여행을 떠났어요. 그곳은 정말 아무것도 없는 황무지●와 같았어요. 그나마 볼 수 있는 거라고는 군데군데 피어 있는 야생 라벤더 몇 송이가 전부였지요. 나는 잠도 제대로 자지 못한 채, 넓디넓은 황무지를 가로질러 걷고 있었어요. 하지만 아무리 걸어도 눈앞에 펼쳐지는 것은 여태까지 보아 왔던 황량한 풍경뿐이었지요.

사흘이 지나자 나는 더 이상 걸을 수 없을 정도로 지치고 말았어요. 그래서 어느 버려진 마을 옆에 조그마한 텐트를 치고 하룻밤 묵어가기로 했지요. 그대로 누워서 쿨쿨 자고 싶었지만, 그 전날부터 마실 물이 다 떨어졌기 때문에 당장 물을 찾으러 나가야만 했어요.

마을에는 빈집들이 말벌 집처럼 옹기종기 붙어 있는 것으로 보아, 아무래도 옛날에는 이곳에 샘이나 우물이 있었던 것 같았어요. 과연 근처에 샘이 하나 있었어요. 그러나 이미 바싹 말라붙은 채였지요.

해발 … 바닷물의 표면부터 계산하여 잰 육지나 산의 높이.

황무지 … 손을 대어 거두지 않고 내버려 두어 거친 땅.

마을은 폐허였어요. 바람에 휩쓸려 버렸는지 지붕이 없는 집도 대여섯 채나 있었지요. 교회의 종탑은 이미 오래 전에 무너진 것만 같았어요. 그래도 얼핏 보면 마치 사람이 사는 집 같아서, 아직 이곳에 누군가 살고 있는 건 아닐까 하고 생각하기도 했어요. 하지만 사람은커녕 살아 있는 그 어떤 것조차 볼 수 없었지요.

그날은 햇볕이 쩅쩅 내리쬐는 6월의 어느 날이었어요. 그러나 앉아서 쉴 나무 한 그루 없는 이곳 고원 지대에는 눈을 제대로 뜰 수 없을 정도로 거센 바람이 몰아치고 있었어요. 뼈대만 남은 집들은 금방이라도 바람에 날아가 버릴 것만 같았지요. 바람은 마치 갓 잡은 사냥감을 물어뜯다가 방해라도 받은 맹수처럼 무섭게 으르렁거렸어요.

결국 나는 텐트를 다시 걷어 낼 수밖에 없었어요. 그 후로도 다섯

장 지오노(1895~1970)

장 지오노는 지방의 특색을 강조한 소설을 많이 쓴 프랑스의 소설가예요. 그는 신비로운 소설을 써서 인생이 무엇인지 표현하려 했어요. 특히 묵묵히 자신의 일을 하는 한 사람을 통해 환경의 소중함을 일깨워 주는 『나무를 심은 사람』은 출판된 이후 바로 전 세계의 사랑을 널리 받았어요. 장 지오노는 이 책을 출판할 때 수익금을 기부하기 위해 돈을 한 푼도 받지 않았다고 해요. 장 지오노의 주요 작품으로는 이외에도 『진정한 부』, 『폴란드의 풍차』, 『옥상의 경기병』 등이 있어요.

시간을 꼬박 더 걸었지만, 끝내 물은 찾을 수 없었어요. 물이 있을 것같이 보이는 곳조차 없었어요. 어디를 가나 보이는 것이라고는 메마른 땅과 잎이 바짝 마른 앙상한 풀 몇 포기뿐이었지요.

그때 저 멀리서 작고 검은 그림자 하나가 움직이는 것이 보였어요. 나는 그저 말라빠진 나무 둥치●겠거니 하고 생각했어요. 그래도 혹시나 하는 마음에 그곳으로 걸어가 보았지요. 그런데 이럴 수가, 그림자의 정체는 바로 양치기였던 거예요. 그의 곁에는 양 30여 마리가 뜨겁게 달아오른 땅 위에 엎드려 잠시 쉬고 있었어요.

양치기는 나를 보자마자 물통을 건네주며 물을 마시게 해 주었어요. 그리고는 고원의 둥그렇게 패인 곳으로 나를 데리고 갔어요. 그곳에는 양의 우리와 우물이 있었어요. 그는 아쉬운 대로 우물에 볼품없는 도르래를 설치하여 물을 길어 먹고 있었어요. 물맛은 정말 기가 막히게 좋았지요.

그는 말수가 매우 적었어요. 그래서 나는 그가 혼자서 외로이 살아가는 사람이 아닐까 하고 생각했어요. 하지만 그에게는 강한 자부심과 자신감, 그리고 왠지 모를 여유가 묻어났어요. 나는 이런 황무지에서 확신을 가지고 살아가는 사람이 있

둥치 … 큰 나무의 나무줄기에서 뿌리에 가까운 밑 부분.

다는 게 매우 신기했어요.

그는 다른 양치기들과 달리 오두막이 아닌 돌로 견고하게 지은 집에서 살고 있었어요. 나는 그가 무너져 가던 이 집을 어떻게 이렇게 고쳐 놓았을까 상상해 보았어요. 지붕을 어찌나 튼튼하게 잘 만들어 놓았는지, 물 새는 곳 하나 없었어요. 바람이 지붕의 기왓장을 두드릴 때마다, 파도가 아름답게 부서지는 듯 철썩거리는 소리가 났어요.

집 안은 깨끗하게 정돈되어 있었어요. 그릇은 반짝반짝 윤이 났고, 방바닥은 얼굴이 비칠 정도로 광이 났어요. 기름칠이 된 총은 반지르르 윤기가 났지요. 모닥불 위에서 수프가 펄펄 끓고 있었어요. 그제야 나는 양치기가 깔끔하게 면도를 하고 있다는 사실을 알아차렸어요. 그는 단추가 단단하게 잘 고정된 옷을 입고 있었어요. 겉으로 보아서는 좀처럼 기운 티가 나지 않도록 말끔하게 바느질되어 있었지요.

그는 불 위에 있던 수프를 한 그릇 떠서 나에게 주었어요. 식사가 끝난 후 나는 담배를 꺼내어 그에게 권했어요. 그는 자신은 담배를 피우지 않는다며 정중히 사양했어요. 그의 발 옆에는 개가 있었는데, 주인을 닮았는지 조용하고 차분해 보였어요. 멍멍 소리 내어 짖지는 않았지만, 나를 볼 때마다 꼬

리를 흔들며 반겨 주었지요.

나는 그 집에서 하룻밤 묵기로 했어요. 그곳에서 가장 가까운 마을까지 가려면 무려 이틀이나 꼬박 걸어야 했기 때문이에요. 아무래도 고원 지대다 보니 마을이 떡갈나무 숲 속에, 그것도 띄엄띄엄 흩어져 있었거든요. 그곳에 사는 마을 사람들은 숲 속에서 나무를 베어다가 숯을 구우며 하루하루 입에 풀칠을 했어요. 여름 겨울 가릴 것 없이 험하고 모진 날씨 속에서 별다른 희망조차 없이 그저 일만 했지요. 그러다 보니 사람들은 점점 이기적으로 변해 갔어요. 그들의 눈동자는 어떻게든 이 숲을 탈출하여 다른 곳에서 살고 싶다는 욕망으로 가득 차 있었지요.

남자들은 매일 마차에 숯을 싣고 도시를 왕복했어요. 하지만 아무리 성실하고 굳은 심지를 지닌 사람일지라도, 다람쥐 쳇바퀴 돌듯 매일같이 되풀이되는 지겨운 생활에 결국 무너져 내리고 말았지요. 여자들 역시 마찬가지여서, 마음속에 온갖 불평불만을 품고 있었어요.

그들은 항상 싸웠어요. 숯을 팔 때면 서로 눈치를 보면서 더 많이 팔기 위해 경쟁했고, 교회에 가서는 더 좋은 자리에 앉기 위해 다투었어요. 착한 일을 하든, 나쁜 일을 하든, 착한 일과 나쁜 일 둘 다를 하든, 더 많이 갖기 위해 쉬지 않고 싸움을 벌였어요. 그 와중에 또 바람은 어찌나 매섭게 불어오는지요. 어느덧 사람들 사이에서는 자살과 각종 정신병이 전염병처럼 돌았어요.

우울한 마을에 대해 생각하고 있는데 양치기가 작은 자루를 가지고 와서 탁자 위에 쏟았어요. 자루에서는 도토리 한 무더기가 우르르 떨어졌지요. 그는 도토리를 하나하나 주의 깊게 살펴보면서, 좋은 것과 나쁜 것을 구별했어요. 나는 파이프 담배를 피우며 그를 도와주겠다고 했어요. 그러나 그는 자신의 일이라며 정중히 거절했어요. 그가 어찌나 정성스럽게 도토리를 골라내던지, 나는 그냥 가만히 있기로 했어요. 그게 우리가 나눈 이야기의 전부였지요.

그가 골라낸 도토리들은 하나같이 모두 알이 굵은 것들뿐이었어요. 그는 그 도토리들을 열 개씩 나누어 놓고는, 그중에서 살짝 금이 가거나 모양이 좀 이상한 것들을 다시 또 골라냈어요. 그런 식으로 완벽한 도토리 백 개를 골라내자 비로소 일을 멈추고 잠자리에 들었어요.

나는 이상하게도 양치기와 있노라면 마음에 항상 평화가 깃드는 것만 같았어요. 그래서 나는 다음 날 아침이 되었을 때 그에게 하룻밤만 더 묵어가게 해 달라고 부탁했어요. 그는 당연하다는 듯이 고개를 끄덕였어요. 아니, 그것은 당연하다고 생각하는 게 아니었어요. 그건 뭐랄까, 그 어떤 것도 자신의 마음을 흐트러뜨릴 수 없다는 듯한 그런 태도였어요. 나는 이미 지난밤 충분한 휴식을 취했기 때문에 당장 길을 떠날 수도 있었어요. 하지만 양치기에 대해 더 알고 싶다는 호기심에 사로잡혔지요.

양치기는 양 떼를 몰고 풀밭으로 향했어요. 어젯밤에 정성스럽게 골라 둔 도토리 백 개는 자루에 담은 뒤 물통에 넣었어요. 물통 안에 들어 있던 물이 도토리 자루를 조금씩 적시고 있었지요. 나는 그가 흔히 쓰는 나무 지팡이가 아닌 쇠막대기를 들고 가는 것을 보았어요. 막대기의 길이는 약 1.5미터 정도였으며, 굵기는 엄지손가락만 했지요. 나는 쉬엄쉬엄 양치기를 따라갔어요.

양들이 풀을 먹는 곳은 작은 골짜기 안쪽에 있었어요. 그는 개에게 양 떼를 감시하도록 한 뒤 내가 서 있는 곳으로 다가왔어요. 멋대로 따라왔다고 화를 내는 건 아닐까 하는 생각이 스쳤지만, 이것은 쓸데없는 걱정이었어요. 그저 그가 원래 가는 길목에 내가 있었던 것뿐이었지요. 그는 나에게 별다른 일

이 없다면 자신과 함께 가지 않겠냐고 물어보았어요. 나는 흔쾌히 고개를 끄덕였어요. 그러자 그는 그곳에서 약 200미터 정도 떨어진 산등성이로 올라갔어요.

그는 도착하자마자 쇠막대기를 땅에 꽂아 넣어 구멍을 만들었어요. 그러고는 그 구멍에 가지고 온 도토리 한 개를 넣고는 흙으로 잘 덮어 주었어요. 그리고 또 몇 발자국 가더니 구멍을 만들고 도토리 하나를 심었어요. 이런 식으로 그는 떡갈나무를 심고 있었던 거예요.

나는 "이곳이 당신의 땅입니까?" 하고 물었어요. 그는 아니라고 답했어요. 그래서 "누구의 땅인지는 알고 있습니까?" 하고 물었더니 전혀 모른다는 대답이 돌아왔어요. 그러더니, "모두가 사용할 수 있는 땅이겠지요. 아니면 땅에 전혀 신경 쓰지 않는 사람의 소유지이거나."하고 말하는 것이었어요. 그는 그 땅의 주인이 누구인지에 대해서는 전혀 관심이 없었어요. 그저 자신이 가져온 도토리 백 개를 아주 정성스럽게 땅에 심을 뿐이었지요.

점심을 먹은 뒤 그는 또 땅에 심을 도토리를 고르기 시작했어요. 나는 왜 이런 일을 하는지 진드기처럼 달라붙어 계속 물어보았어요. 그는 내 질문에 하나씩 대답을 해 주었어요. 그는 3년 전부터 이곳에서 홀로 나무를 심어 왔다고 했어요. 그렇게 심은 도토리가 벌써 10만 개나 되었지요. 그 10만개 중에서 싹이 나온 것은 고작 2만 개에 불과했어요. 그나마도 들쥐나 산토끼가 파먹거나 신의 뜻에 따라 예상할 수 없는 어떤 일이 일어나서, 절반 정도가 말라죽을 거라 했어요. 그래도 이렇게 함으로써 아무것도 없던 이 황무지에 1만 그루의 떡갈나무가 자랄 수 있겠지요.

나는 그제야 그의 나이가 궁금해졌어요. 그는 언뜻 보아도 쉰 살은 넘어 보였어요. 그는 자신이 올해로 쉰다섯살이라 말했어요. 이름은 엘제아르 부피에라고 했지요.

젊은 시절, 그는 평지에 농장을 짓고 가족과 함께 하루 종일 일하며 살았어요. 하지만 외아들이 죽고 아내마저 세상을 떠나면서, 그의 생각은 점차 바뀌었지요. 농장을 정리하고 인적이 드문 곳에서 양 떼와 개를 데리고 한가롭게 살게 된 거예요. 그러다 어느 날 문득 그는 나무가 없어서 이 고장이 점점 죽어 가고 있다는 생각을 하게 되었어요. 달리 할 일도 없으니 이참에 이 땅을 나무가 가득한 곳으로 바꾸리라 마음먹었다고 덧붙였지요.

그 당시 나는 젊은 나이에도 불구하고 홀로 쓸쓸한 삶을 살

고 있었어요. 그러다 보니 나처럼 고독한 이들의 영혼에 다가
갈 때는 아주 조심스러워야 한다는 사실을 알고 있었지요. 그
런데도 나는 그만 한 가지 실수를 저지르고 말았어요. 그때의
나는 너무나 젊어서, 미래라고는 그저 나와 내 자신의 행복과
연관된 것만 생각했지요. 그래서 나는 그에게 "30년 후면 떡
갈나무 1만 그루가 잘 자라 있겠군요."하고 말했어요. 그러자
그가 짤막하게 대답했어요.

"하느님이 그때까지 데려가지 않으신다면, 더 많은 나무를
심을 수 있을 겁니다. 그러면 지금의 이 1만 그루보다 훨씬 더
많은 나무가 자랄 수 있겠지요."

그러면서 양치기는 이미 예전부터 너도밤나무를 기르는 방
법을 공부하고 있다고 말했어요. 실제로 집 근처에 어린 나무
몇 그루를 심어 보기도 했다면서요. 양들이 건드리지 못하게
울타리까지 잘 세워서 말이지요. 그 어린 너도밤나무들은 몹
시 아름다웠다고 했어요. 밑에 습기가 고여 있을 것 같은 땅
에는 자작나무를 심을까 생각하고 있다고도 덧붙였어요.

그 다음 날 우리는 작별 인사를 했어요.

이듬해인 1914년 제1차 세계 대전이 일어났어요. 나는 5년

동안 그 전쟁에 나가 있었어요. 한낱 보병●이었던 나는 전쟁에 집중하느라 나무에 대해 미처 신경 쓸 겨를이 없었어요. 솔직히 말하자면 양치기를 만났던 일은 이미 잊은 지 오래였어요. 우표를 모아 놓은 앨범 구석에 꽂혀 있는 작은 우표 하나에 불과한, 그런 추억이었지요.

전쟁이 끝나고 나는 군 복무를 마친 대가로 아주 적은 액수의 돈을 받았어요. 이제 나에게 남은 것은 약간의 돈과 신선하고 깨끗한 공기를 마시고 싶다는 욕망뿐이었지요. 양치기가 살던 그 인적●드문 고장을 떠올리고 길을 떠나는 내내, 내 머릿속에서는 오로지 저 간절한 욕망만이 맴돌고 있었어요.

6년이 지났지만 그곳은 예전과 똑같았어요. 폐허가 된 마을도 여전했지요. 그런데 마을 너머로 웬 회색빛 안개 같은 것이 어른거리는 모습이 보였어요. 사실 나는 그 전날부터 나무를 심던 그 양치기를 떠올리고 있었어요. '떡갈나무 1만 그루라면 꽤 넓은 공간을 차지하고 있을 거야.' 그런 생각을 하면서 말이에요.

나는 지난 5년 동안 전쟁터에서 너무나 많은 사람들이 죽는 것을 목격했어요. 그래서 나무를 심던 엘제아르 부피에도 이미 세상을 떠났으리라 생각했지요. 이제 갓 스무 살 넘은

보병 … 걸어 다니면서 전투하는 육군 병사.

인적 … 사람이 오감.

젊은이에게 50대 노인들이란 그저 죽는 것 말고는 더 이상 할 일이 없는 늙은이처럼 여겨지기 마련이니까요.

하지만 엘제아르 부피에는 살아 있었어요. 오히려 예전보다 더 힘이 넘쳐 보였지요. 그는 이제 양 대신 백여 통이 넘는 꿀벌을 기르고 있었어요. 양들이 자꾸 어린 나무를 건드렸기 때문에 아예 팔아 버린 거예요. 그동안 그는 전쟁에 대해 조금도 신경 쓰지 않았다고 했어요. 그가 굳이 말하지 않아도 잘 알 수 있는 사실이었어요. 그도 그럴 것이, 그는 조금도 동요하지 않고 꿋꿋하게 나무를 심어 온 거예요.

1910년에 심은 떡갈나무들은 어느새 열 살이 되어 있었어요. 나무들은 나와 엘제아르 부피에보다도 키가 더 커져 있었어요. 그 모습이 어찌나 멋지던지, 나는 좀처럼 입을 다물 수가 없었어요. 엘제아르 부피에는 여전히 말수가 적었어요. 나는 그와 함께 그가 만들어 놓은 숲 속을 거닐며 하루 종일 산책을 했어요.

숲은 모두 세 구역으로 나누어져 있었는데 길이는 11킬로미터에, 가장 넓은 곳은 폭이 무려 3킬로미터나 되었어요. 어떤 기술이나 장비에 의해 만들어진 게 아니었어요. 어느 평범한 한 노인의 손과 숲을 일구어 내겠다는 마음에서 나온 것이

었지요. 나는 생각했어요. 인간이란 그저 파괴만 일삼는 존재가 아니라, 신처럼 무언가를 만들어 내는 놀라운 능력을 지니고 있다고 말이에요.

엘제아르 부피에는 자신의 신념*을 포기하지 않고 꾸준히 나무를 심어 왔어요. 어느덧 내 어깨 높이만큼 자란 너도밤나무들이 그것을 증명해 주고 있었지요. 이제 그는 더 이상 들쥐나 산토끼가 떡갈나무를 갉아먹지 않을까 걱정하지 않아도

되었어요. 떡갈나무들은 이미 무성하게 자라서 하늘을 빽빽하게 덮고 있었기 때문이에요. 이제 신이 이 나무들을 없애려면 쥐나 토끼가 아닌 거대한 태풍에게 도움을 요청해야 할 정도였어요.

그는 나에게 멋지게 자란 자작나무 숲도 보여 주었어요. 지금으로부터 5년 전인 1915년, 내가 전투를 벌이고 있을 때 심은 나무들이었지요. 그는 습기가 모여 있을 거라 예상한 땅에 자작나무를 한가득 심었어요. 나무들은 물기를 머금은 촉촉한 땅 위에 뿌리를 내린 채, 부드러우면서도 아주 단단한 모습으로 자라나 있었어요.

무언가를 새롭게 창조한다는 것. 그것은 마치 꼬리에 꼬리를 물어 예상치 못한 새로운 결과를 낳는 일과도 같았어요.

신념 … 굳게 믿는 마음.

하지만 엘제아르 부피에는 그런 일에 별다른 관심이 없었어요. 그저 자신이 하고자 하는 일을 꾸준히 그리고 오랫동안, 고집스럽게 실천하는 것뿐이었지요.

마을을 거쳐 내려오던 나는 놀라운 광경을 보게 되었어요. 언제나 말라붙어 있던 개울에 물이 졸졸졸 흐르고 있었던 거예요. 엘제아르 부피에가 만들어 낸 자연의 변화가 개울의 물을 다시 흐르게 만든 거예요! 그 놀랍고도 멋진 광경에 나는 좀처럼 감동하지 않을 수 없었어요.

아주 오랜 옛날에는 이 개울에도 물이 흐르고 있었다고 해요. 앞서 이야기했던 그 쓸쓸한 마을들을 기억하고 있나요? 그 마을의 대부분은 옛 조상들이 살던 시대의 터에 자리 잡은 거예요. 그래서 가끔씩 옛 시대의 흔적들이 발견되고는 하지요. 얼마 전에는 고고학자들이 발굴 작업을 하다가 낚싯바늘을 찾아낸 적도 있었어요. 낚싯바늘이라니! 지금 그곳에서 물은 저수조●가 아니라면 결코 볼 수 없는데 말이에요.

나무는 점점 자라나면서 그 씨앗을 바람에 날려 이곳저곳에 퍼뜨렸어요. 개울에 다시 물이 흐르게 되었고 버드나무와 갯버들, 풀밭과 기름진 땅, 꽃, 그리고 삶을 살아가야 하는 그 어떤 이유 같은 것들이 되살아났어요.

저수조 … 물을 담아 두는 큰 통.

그러나 이 모든 변화들은 아주 느리고 천천히 진행되었기 때문에 마을 사람들은 좀처럼 눈치채지 못했어요. 그저 습관처럼 변화에 익숙해져 있을 뿐이었지요. 사냥꾼들은 산토끼나 멧돼지를 쫓아 풀 한 포기 없는 이곳 황무지까지 올라오기도 했어요. 그들은 풀이 자라고 나무들이 무성해지는 모습을 보면서도 놀라워하지 않았어요. 그저 땅이 변덕을 부려서 나무가 잘 자라게 된 거라 여길 뿐이었지요. 그래서 그 누구도 엘제아르 부피에가 나무 심는 일을 방해하지 않았어요.

만약 그가 일부러 나무를 심고 있다는 사실을 알아챘다면, 사람들은 그를 헐뜯으며 분명히 무슨 속셈이 있는 거라고 수군거렸을 거예요. 하지만 사람들은 그를 의심한 적도 없었어요. 그렇겠지요. 도대체 그 누가 상상할 수 있었겠어요? 이 세상에는 아무런 대가도 바라지 않은 채 이렇게 훌륭한 일을 오랫동안 해 오는 사람이 있을 거라는 사실을 말이에요.

나는 1920년부터 매해마다 꼬박꼬박 엘제아르 부피에를 찾아가고는 했어요. 나는 그가 좌절하거나 헛된 일을 하고 있는 게 아닐까 하며 후회하는 모습을 한 번도 보지 못했어요. 하지만 신은 그가 혼자 괴로워했던 그 모진 고통의 시간을 알고 계시겠지요.

나는 그가 맛보았을 좌절감에 대해서는 별로 생각해 본 적이 없었어요. 하지만 풀 한 포기 없던 황무지에 저런 숲을 만들기까지 그가 겪어야 했을 수많은 역경에 대해서는 어느 정도 짐작할 수 있었어요. 자신의 신념과 열정을 지키기 위해 자신에게 닥쳐오는 그 모든 절망과 맞서 싸워야만 했겠지요.

한번은 엘제아르 부피에가 1년 동안 무려 1만 그루 이상의 단풍나무를 심은 적이 있었어요. 그런데 그 단풍나무들이 모조리 죽어 버렸어요. 하지만 그는 포기하지 않고, 이듬해 생명력이 좋은 너도밤나무를 다시 심었어요. 그리고 마침내 성공을 거두었지요.

어떻게 이런 일이 가능했을까요? 그를 좀 더 잘 이해하기 위해서 우리가 꼭 기억해야만 하는 것이 있어요. 바로 그가 고독 속에서 일했다는 사실이지요. 그 외로움과 쓸쓸함이 그의 인격을 더 곧고 빛나게 만들어 주었어요. 너무 오랫동안 혼자서 일했기 때문일까요? 어느덧 엘제아르 부피에는 말하는 습관 자체를 잃고 말았어요. 아니, 어쩌면 말할 필요를 느끼지 못했던 것일지도 모르겠어요.

1933년 숲을 보고 깜짝 놀란 산림 감시원이 엘제아르 부피에를 찾아왔어요. 그런데 이 관리는 오히려 엘제아르 부피에에게 다음과 같은 경고를 했어요. 무슨 일인지는 모르겠지만, 저절로 자란 숲이 불탈 수 있으니 절대 집 밖에서 불을 피우지 말라고 했지요. 그러면서 순진한 얼굴로, 숲이 저절로 자란다니 난생 처음 보는 일이라고 중얼거렸어요.

그 무렵 엘제아르 부피에는 집에서 12킬로미터나 떨어진 곳에 너도밤나무를 심고 있었어요. 어느덧 일흔다섯 살이 된 그에게 매일 12킬로미터를 왔다 갔다 하는 일은 좀처럼 쉽지 않았어요. 결국 그는 이듬해 나무를 심는 곳 근처에 돌로 오두막을 하나 지었지요.

1935년, 정부 대표단은 자연이 만든 이 '천연의 숲'을 보러 왔어요. 산림청의 고위 관리와 국회의원은 물론이고 전문가까지 함께 왔지요. 그들은 주저리주저리 쓸데없는 말을 내뱉었어요. 그러면서 천연 숲을 위해 무엇인가 하겠다며 떠들어 댔어요. 그러나 다행스럽게도 그들은 아무것도 하지 않았어요. 아, 좋은 일을 하나 하기는 했군요. 숲을 국가의 보호 아래 두고, 나무를 베거나 숯을 굽는 일을 금지한 거예요. 국회의원들도 이 숲의 아름다움에 흠뻑 빠져 버렸거든요.

정부 대표단의 산림 전문가들 중에는 내 친구가 한 명 있었어요. 나는 그에게 이 숲의 비밀을 설명해 주었어요. 다음 주,

나와 친구는 엘제아르 부피에의 집을 찾아갔어요. 그는 대표
단이 둘러보고 간 숲에서 20밀로미터쯤 떨어진 곳에 열심히
나무를 심고 있었어요.

그 모습을 본 친구는 입을 벌린 채 감탄했어요. 산림 전문
가였던 그는 엘제아르 부피에가 얼마나 대단하고 가치 있는
일을 하고 있는지 알고 있었지요. 나는 선물로 가져간 달걀
몇 개를 내놓았어요. 그리고 셋이서 달걀과 함께 간단한 점심
을 먹었지요. 우리는 입을 다문 채 몇 시간 동안 그저 숲을 가
만가만 거닐었어요.

어느새 숲은 6미터에서 7미터 높이의 나무들로 빽빽하게
뒤덮여 있었어요. 나는 문득 1913년에 보았던 이 고장을 떠올
려 보았어요. 모래바람만 불어오던 그 풀 한 포기 없는 황무
지의 모습을…….

규칙적인 노동과 고원 지대의 신선한 공기, 수수하고도 소
박한 식사, 그리고 언제나 차분하고 고요한 마음은 노인에게
활력과 생기를 불어 넣었어요. 그는 신이 우리에게 보내 준
일꾼이었어요. 나는 앞으로 그가 얼마나 더 많은 땅을 나무로
덮을 것인지 기분 좋은 상상을 해 보았어요.

내 친구는 떠나기 전 엘제아르 부피에에게 이곳에 심으면

좋을 것 같은 나무 몇 종류를 알려 주었어요. 그러나 그뿐, 꼭 그 나무를 심어야 된다고 고집하지는 않았어요. 산을 내려오면서 친구는 나에게, "물론 그런 건 그분이 나보다 더 잘 알고 계실 거야." 하고 말했어요. 그러고는 줄곧 그 생각에 잠겨 있었는지, 한 시간 후 불쑥 이렇게 덧붙였어요.

"그분은 나무에 대해서 그 어느 누구보다 가장 많이 알고 계실 거야. 행복해질 수 있는 방법을 찾으신 분이라고!"

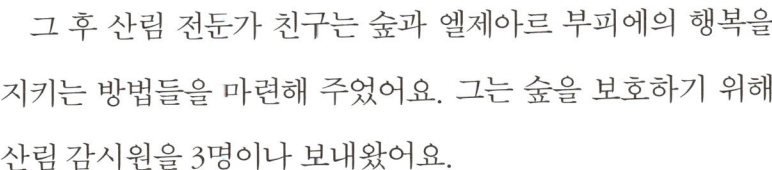

그 후 산림 전둔가 친구는 숲과 엘제아르 부피에의 행복을 지키는 방법들을 마련해 주었어요. 그는 숲을 보호하기 위해 산림 감시원을 3명이나 보내왔어요.

하지만 1939년 제2차 세계 대전이 터지면서 엘제아르 부피에의 숲은 심각한 위기에 처했어요. 당시만 해도 자동차들은 나무로 만든 목탄 가스로 움직였어요. 나무가 모자라자 사람들은 엘제아르 부피에가 1910년에 심어 놓았던 그 떡갈나무들을 마구 베어가기 시작했어요. 그런데 이 숲들은 도로에서 너무 멀찍이 떨어진 곳에 위치해 있었어요. 나무를 베어서 팔아 봤자 별로 남는 것이 없다는 사실을 알게 된 사람들은 결국 떡갈나무를 베어 내는 걸 포기했지요.

엘제아르 부피에는 숲을 두고 이런 소동이 벌어졌다는 사실을 전혀 모르고 있었어요. 왜냐하면 그는 떡갈나무 숲에서 30킬로미터나 떨어진 곳에서 평화롭게 자신의 일을 계속하고 있었기 때문이에요. 제1차 세계 대전 때에도 나무만 심었던 것처럼, 그는 제2차 세계 대전에도 전혀 관심이 없었어요. 그저 오로지 나무를 묵묵히 심을 뿐이었지요.

내가 엘제아르 부피에를 마지막으로 만난 것은 1945년 6월의 어느 날이었어요. 어느덧 그의 나이도 여든일곱 살이었지요. 나는 그 황무지를 향해 다시 발을 옮겼어요. 전쟁으로 나라 곳곳이 황폐해졌지만 뒤랑스 강 계곡 산속까지 버스가 다니고 있었어요. 나는 이곳이 내가 예전에 걸어 다녔던 그 황무지가 맞나 하고 잠시 헷갈렸어요. 버스가 너무 빨리 달리는 바람에 못 알아본 걸까요? 아니, 아예 버스는 내가 모르는 마을을 달리고 있는 것만 같았어요. 그러다 마을 이름을 듣고 나서야 나는 비로소 이곳이 그 옛날 모래만 풀풀 날리던 황무지가 맞다는 사실을 확신할 수 있었어요.

버스는 베르공 마을에 나를 내려 주었어요. 1913년만 해도 이 마을에는 고작 열 채에서 열두 채의 집이 있었을 뿐이었어요. 그나마도 실제로 사는 사람은 겨우 세 명에 불과했지요. 그들은 서로를 미워하고 시기●했으며 덫을 놓아 짐승을 잡

시기 … 남이 잘되는 것을 샘하여 미워함.

아먹으면서 겨우 목숨을 부지하고 있었어요. 몸도 마음도 마치 원시인이나 다름없는 상태였던 거예요. 버려진 집들은 잡초들로 뒤덮여 있었고, 그들을 기다리고 있는 것은 오직 죽음뿐이었지요. 사정이 이러니 착한 일을 하거나 웃는 것은 꿈도 꿀 수 없었어요.

그러나 이제 베르공 마을은 예전의 그 삭막한 곳이 아니었어요. 마을을 둘러싼 공기마저 상쾌하게 바뀌어 있었지요. 내 볼을 때리던 메마르고 거친 모래 바람 대신 향긋한 냄새를 풍기는 바람이 솔솔 불어왔어요. 놀라운 것은 '졸졸졸' 물 흐르는 소리가 났다는 거예요. 숲으로 가 보니, 정말로 물이 가득 고인 샘이 있는 게 아니겠어요? 그보다도 내 마음을 울렸던 것은 그 옆에 심은 지 4년 정도로 보이는 보리수 나무가 자라고 있었다는 거예요. 그 싱싱하고 푸른 잎을 보는 순간 나는 이 마을이 완전히 다시 태어났다는 사실을 알 수 있었어요.

그뿐만이 아니었어요. 이제 베르공 마을 사람들은 더 이상 서로를 미워하지 않았어요. 그들의 마음속에 희망의 새싹이 싹튼 거예요. 그들은 서로 힘을 합쳐 폐허가 된 집을 깨끗이 밀어내고 그 자리에 새 집을 지었어요. 어느덧 베르공 마을에는 총 스물여덟 명이나 되는 사람들이 살고 있었어요. 그중에

는 무려 네 쌍의 젊은 부부도 있었지요.

　새 집들은 알록달록하게 산뜻한 색으로 벽을 칠했어요. 채소밭에는 양배추와 장미, 파와 금어초, 셀러리와 아네모네가 한데 섞여 싱싱하게 자라나고 있었어요. 어느덧 베르공 마을은 이제 사람들이 와서 가장 살고 싶어 하는 마을이 되었어요.

　나는 조금 더 걸어가 보았어요. 그곳은 아직 베르공 마을처럼 완전히 바뀌지는 않았지만, 성경에 나오는 라자로가 떠올랐어요. 죽어서 무덤에 묻혔던 라자로가 예수님의 기도로 되살아난 것처럼, 이제 이 마을도 죽어 있던 땅에서 활기가 넘치는 모습으로 조금씩 변해가겠지요. 산기슭에는 어린 보리와 호밀이 자라고 있었고, 골짜기 안쪽에는 드넓은 풀밭이 펼쳐져 있었어요.

　이 고장 전체가 행복과 번영°으로 물드는 데까지는 그리 오래 걸리지 않았어요. 1913년 내가 발 디뎠던 그곳에는 작지만 깨끗하게 정돈된 집들이 쭉 늘어서 있었어요. 행복한 가정의 보금자리들이었지요. 숲이 눈과 비를 흡수하여 말랐던 샘에도 다시 물이 흐르기 시작했어요. 사람들은 샘을 이용하여 물길을 만들었어요. 물은 농장 옆 단풍나무 숲과 싱싱하기 그

번영 ··· 번성하고 이름이 세상에 빛나게 됨.

지없는 박하 잎들 속으로 스며들어 푸르른 생기를 안겨 주었어요.

이제는 마을도 완전히 활기를 되찾았어요. 사람들은 땅값이 비싼 평야 지대 대신 이곳으로 기꺼이 이사를 왔어요. 마을 곳곳에는 젊음과 발랄함이 넘쳐 났지요. 거리에 나서면 건강한 젊은이들과 축제를 즐기는 소년소녀들의 즐거운 웃음을 언제나 볼 수 있었지요. 행복을 찾게 되면서 완전히 달라진 옛 주민들과 희망을 찾아 이사 온 새 주민들까지, 이제 이 고장에는 1만 명이 훌쩍 넘는 사람들이 즐겁게 살아가고 있었어요.

이 모든 것이 엘제아르 부피에 덕분이었어요. 육체와 정신만이 전부였던 한 인간이 홀로 구슬땀을 쏟아 가며 황무지에서 이런 아름다운 땅을 일구어 낸 거예요. 어쩌면 인간에게는 우리가 생각하는 것보다 더 위대한 무언가가 숨어

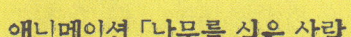

애니메이션 「나무를 심은 사람」

「나무를 심은 사람」은 1987년 캐나다에서 애니메이션으로 발표됐어요. 이 영화는 수작업으로 만들어져서 제작 기간이 무려 5년 6개월 동안이나 되었어요. 삽화가 살아 움직이는 것처럼 보이기 위해 약 2만 장의 그림이 사용되었대요. 이 작품의 감독을 맡은 프레데릭은 이 작품에 너무 몰두한 나머지 한쪽 눈을 실명하기까지 했어요.
영화 「나무를 심은 사람」은 발표되자마자 사람들에게 호평을 받았고, 1988년 아카데미 단편영화상을 받았어요.

있는지도 모르겠어요.

나는 이런 결실을 얻기까지 그가 쏟아야만 했던 노력과 열
정, 그리고 이 모든 것을 가능하게 한 원동력이었던 순결하고
고귀한 영혼을 생각했어요. 엘제아르 부피에, 배운 것 없는
소박한 양치기였던 그는 신이나 할 수 있는 일을 이루어 낸
거예요. 그런 생각을 하다 보면 나는 그를 존경해 마지않을
수 없었지요.

참, 엘제아르 부피에는 1947년 바농 요양원에서 행복한 마
음으로 조용히 두 눈을 감았어요.

「빌헬름 텔」

프리드리히 실러

> 그렇다고 이렇게 가만히 있기만 할 거예요? 이대로 당하고만 있을 수는 없잖아요. 우리도 이제 행동으로 보여 주자고요. 게슬러의 괴롭힘에 고통 받는 건 우리 슈비츠 마을만이 아니에요. 울리와 운터발덴 사람들도 똑같이 괴로워하고 있어요. 그러니까 여보, 우리 그들과 함께 싸우기로 해요. 힘을 내세요. 하늘은 용기 있는 자를 스스로 도울 테니까요!

지금으로부터 수백 년 전에 있었던 이야기예요. 스위스의 시골 마을인 울리, 슈비츠, 운터발덴 사람들은 아무런 걱정 없이 행복한 나날을 보내고 있었어요. 모두 평화를 만끽하며 자유를 사랑하는 사람들이었지요.

그러던 어느 날, 이웃 나라인 오스트리아가 스위스를 쳐들어왔어요. 오스트리아 황제는 게슬러 총독을 보내 시골 마을을 다스리게 했어요. 게슬러는 아무런 죄 없는 시골 사람들을 마구 괴롭혔어요.

그날은 하늘조차 우중충한 게, 짙은 회색 구름이 잔뜩 끼어 있었어요. 어부는 폭풍우에 대비하여 호숫가에 띄워 놓은 배를 땅으로 끌어 올리고 있었어요. 그때 저 멀리서 운터발덴에 사는 바움가르텐이라는 사내가 숨을 헐떡이며 뛰어왔어요.

"저를 배로 호수 건너편까지 좀 보내 주십시오. 부탁입니다. 총독의 부하들이 쫓아오고 있어요!"

놀란 어부는 바움가르텐을 위아래로 훑어보았어요. 사내의 옷은 온통 피투성이였어요.

"무슨 일이오?"

"총독의 관리 하나가 제 아내를 괴롭혔습니다. 아내가 새하얗게 질려 도망가는 모습을 가만히 두고 볼 수는 없었습니다. 저도 모르게 나무를 하던 도끼로 관리를 내려치고 말았지요."

"아이고, 저런!"

어느덧 하늘에서는 비가 한 방울 두 방울 떨어져 내렸어요. 그러더니 이윽고 천둥 번개가 치기 시작했어요.

"부탁입니다, 제발 배를 띄워 주십시오! 안 그러면 저는 그대로 잡히고 말 겁니다."

"하지만 지금 파도를 좀 보시오. 저 거친 파도 위에 배를 띄웠다가는 금방 뒤집히고 말 거요. 물에 빠져 그대로 죽게 될 거라고요!"

어부는 발만 동동 구르며 어쩔 줄을 몰랐어요. 그런데 그때, 초조하기 그지없던 어부의 표정이 갑자기 환하게 바뀌었어요.

"아, 저기 빌헬름 텔이 오는군! 정말 잘 됐어요. 저 친구는 속에서도 배를 아주 잘 몰거든요."

두 사람은 빌헬름 텔에게 사정을 설명했어요. 빌헬름 텔은 잠시 고민하는 듯하더니 단호한[^•] 목소리로 입을 열었어요.

"호수를 건너다 물고기 밥이 되기 딱 좋은 날씨로군요. 하지만 어쩌겠습니까? 걱정하지 말고 노는 저에게 맡겨 주십시오."

"고맙습니다. 이 은혜는 절대로 잊지 않겠습니다."

"참, 어부 아저씨. 저에게 혹시 무슨 일이라도 생기면 아내에게 말 좀 잘해 주세요. 꼭 도와줄 수밖에 없는 일이었다고 말이에요."

말을 마친 빌헬름 텔은 바움가르텐과 함께 배에 올랐어요. 잠시 후 총독의 부하들이 호숫가에 도착했어요. 그러나 그들에게 보이는 것이라고는 세찬 파도를 헤치며 사라지는 배의 뒤꽁무니뿐이었어요. 부하들은 잔뜩 화가 치밀었지요.

빌헬름 텔과 바움가르텐은 휘몰아치는 비바람과 거친 파도를 이겨 내고 겨우 호수 건너편에 다다랐어요. 그들은 일단 농부 슈타우파허의 집으로 향했어요. 슈비츠 마을 사람들이

단호하다 … 엄격하게 일을 딱 잘라서 결정하는 태도.

라면 모두 슈타우파허를 존경했지요.

그런데 그날 아침, 슈타우파허도 게슬러와 한바탕 소동을 벌였어요. 말을 탄 게슬러가 부하들을 잔뜩 거느리고 거들먹 거리며 마을을 순찰하고 있을 때였어요. 슈타우파허의 집을 본 게슬러는 대뜸 욕을 하기 시작했어요.

"농부 주제에 귀족보다 더 좋은 집에 살다니, 네가 시골 귀 족이라 이거야? 이거 내가 본때를 보여 줘야겠군. 이봐, 너! 앞으로 조심하라그."

게슬러의 욕설에 착한 슈타우파허는 아무런 말도 하지 못 했어요. 게슬러는 떠났지만 슈타우파허의 마음은 하루 종일 우울할 뿐이었어요.

"여보, 무슨 걱정이라도 있어요?"

슈타우파허의 아내 게르투르크가 물었어요.

"아무래도 게슬러가 우리 집과 재산을 다 빼앗아 갈 것만 같아. 원하는 게 있으면 수단과 방법을 가리지 않는 인간이 니⋯⋯. 내가 걱정이 안 되고 배기겠어?"

그러자 아내가 남편의 용기를 북돋아 주었어요.

"그렇다고 이렇게 가만히 있기만 할 거예요? 이대로 당하 고만 있을 수는 없잖아요. 우리도 이제 행동으로 보여 주자

고요. 게슬러의 괴롭힘에 고통 받는 건 우리 슈비츠 마을 사람들뿐만이 아니에요. 울리와 운터발덴 사람들도 똑같이 괴로워하고 있어요. 그러니까 여보, 우리 그들과 함께 싸우기로 해요. 힘을 내세요. 하늘은 용기 있는 자를 스스로 도울 테니까요!"

슈타우파허는 아내의 말에 정신이 번쩍 들었어요. 그래서 그녀를 꼭 껴안아 주며 말했어요.

"그래, 당신 말이 맞아. 지금 당장 알트도르프로 가야겠어. 지혜로운 퓌어스트 씨를 만나면 어떻게 해야 될지 감이 잡힐 거야."

그렇게 용기를 얻은 슈타우파허가 막 떠나려던 참에 빌헬름 텔과 바움가르텐이 나타난 거예요. 그들은 처음 만났지만 서로의 눈빛만으로도 같은 생각을 하고 있다는 사실을 알았어요. 굳은 결심을 한 세 사람은 알트도르프로 향했어요.

알트도르프 광장에는 높은 성을 쌓는 공사가 한창 진행되고 있었어요. 마을 사람들은 모두가 성을 쌓는 일에 동원●되어 힘들게 일해야만 했어요. 이처럼 오스트리아 침략자들은 사람들을 강제로 부려 스위스 곳곳에 성을 지었어요. 오스트리아의 세력을 뽐내려는 속셈이었지요.

동원 … 어떤 목적을 이루고자 사람을 모으거나 물건, 방법 따위를 집중함.

"왜 우리가 침략자들을 위해 고통 받아야 합니까? 저기 저 성 아래 짓고 있는 감옥이 보입니까? 저곳에 갇혔다가는 평생 햇볕을 보지 못하게 될 겁니다."

슈타우파허가 분하다는 듯 이를 악물었어요.

"마음을 좀 가라앉혀요. 사람의 손으로 지은 것은 언제든지 사람의 손으로 없앨 수 있으니까요."

빌헬름 텔이 슈타우파허를 달래며 말했어요.

그때 게슬러의 병사들이 둥둥 북소리와 함께 나타났어요. 성을 쌓던 사람들이 잠시 일손을 멈추고 웅성거리기 시작했어요. 병사들의 행렬 가운데에는 웬 장대 하나가 우뚝 솟아 있었어요. 장대 끝에는 모자가 하나 걸려 있었지요. 광장에 도착한 병사들은 행진을 멈추었어요.

"총독님이 명령을 내리셨다!"

지휘관의 외침에 광장이 순식간에 고요해졌어요.

"모두들 이 장대의 모자를 봐라! 이 모자는 알트도르프 어귀의 보리수나무 옆에 걸릴 것이다. 게슬러 총독님께서는 앞으로 너희들이 이 모자 앞을 지나갈 때마다 공손하게 절을 해야 한다고 명령하셨다. 이를 지키지 않는 놈들은 목숨을 빼앗고 재산을 압수•할 것이다!"

압수 … 주인으로부터 강제로 물건을 거두어 보관함.

광장 곳곳에서 분노에 가득 찬 탄식이 들려왔어요. 사람도 아닌 모자를 향해 고개를 숙이라니, 이렇게 기막힌 이야기가 또 어디 있겠어요? 슈타우파허도 치밀어오르는 화에 주먹을 불끈 쥐었어요. 빌헬름 텔이 재빨리 그를 달랬어요.

"진정하세요. 뱀도 가만히 있는 사람은 물지 않으니까요. 우리가 동요할수록 저들은 더 신이 나서 괴롭혀 올 겁니다."

"하지만 사람들과 함께 힘을 합치면 저들을 무찌를 수 있지 않겠습니까? 아무리 약자라 해도 함께 모이면 큰일을 해낼 수 있습니다."

슈타우파허의 말을 가만히 듣고 있던 빌헬름 텔이 조용히 입을 열었어요.

"진정으로 강한 사람은 혼자일 때 더 큰 힘을 발휘하는 법입니다. 다만 지금은 때가 아닐 뿐이지요. 훗날 제가 필요한 상황이 온다면 얼마든지 저를 불러 주십시오. 기꺼이 도울 테니까요."

결국 슈타우파허는 빌헬름 텔의 뜻을 받아들이기로 했어요. 빌헬름 텔과 떨어진 슈타우파허는 퓌어스트를 찾아갔어요. 퓌어스트는 빌헬름 텔의 장인으로, 지혜롭고 정의로운 노인이었어요.

그런데 슈타우파허보다 먼저 퓌어스트를 찾아온 이가 있었어요. 바로 운터발덴의 젊은 농부인 멜히탈이었지요. 그는 자신의 황소를 빼앗아 가려던 게슬러의 부하를 보고, 순간 이성을 잃어 단단히 혼쭐을 내 주었어요. 그리고 부하들의 보복을 피해 퓌어스트의 집에 몸을 숨기고 있었던 거예요.

멜히탈이 말했어요.

"아무래도 집에 가 봐야겠습니다. 집에 늙은 아버지 혼자 계신데, 그놈들이 해코지*하는 건 아닌지 걱정이 됩니다."

퓌어스트가 무어라 대답하려는 순간 쿵쿵 문을 두드리는 소리가 들려왔어요.

"게슬러의 부하들이 찾아온 걸까요?"

멜히탈의 얼굴이 새하얗게 질렸어요. 그러나 슈타우파허라는 사실을 알고 이내 안도의 한숨을 내쉬었어요.

"오, 무슨 일로 오셨소?"

퓌어스트의 질문에 슈타우파허가 결의*에 찬 표정으로 입을 열었어요.

"퓌어스트 씨. 저는 침략자 놈들로부터 우리의 조국 스위스를 되찾고 싶어 왔습니다. 그들이 앗아간 우리의 자유와 평화를 말입니다."

해코지 … 남을 해치고자 하는 짓.

결의 … 뜻을 정하여 굳게 마음을 먹음.

퀴어스트가 고개를 끄덕이며 말했어요.

"나도 당신과 같은 생각이오. 이제는 움직여야 할 때지."

"그렇습니다. 참는 데도 한계가 있지요. 여기 오는 길에도 아주 끔찍한 소식을 들었습니다. 멜히탈이라는 농부가 황소를 뺏어가려는 부하들을 몇 대 때려 주었다고 합니다. 그런데 그 부하들이 멜히탈의 아버지를 잡아서는……."

"설마 그들이 무슨 나쁜 짓이라도 저지른 거요?"

퀴어스트와 멜히탈의 얼굴이 긴장으로 딱딱하게 굳어졌어요.

"그렇습니다. 고문 기술자들을 불러서 뾰족한 송곳으로 노인의 눈을 파 버렸다고 하더군요!"

순간 멜히탈이 자리에서 벌떡 일어나 울부짖기 시작했어요.

"이럴 수가! 아버지의 눈을 뽑았다니, 그게 정말입니까? 이런 짐승만도 못한 놈들 같으니라고!"

슈타우파허는 멜히탈의 난데없는 행동에 당황했어요. 그러나 퀴어스트의 눈짓을 보고 이 청년이 바로 멜히탈이라는 사실을 눈치챘어요.

"다 저 때문입니다."

멜히탈이 고통스러운 얼굴로 말했어요.

"저 혼자 살겠다고 도망쳐 오는 것이 아니었습니다. 저 때문에, 저의 경솔함 때문에! 아버지께서는 두 번 다시 햇빛을 볼 수 없게 된 거예요……."

멜히탈은 눈물이 차오르는지 두 손으로 눈을 가리고는 말을 잇지 못했어요. 그러고는 분노로 몸을 부들부들 떨며 입을 열었어요.

"복수하겠습니다. 게슬러 놈이 슈렉호른 산, 아니 저 융프라우 산에 산다고 해도 상관없습니다. 목동들과 힘을 합쳐 게슬러 일당을 무찌르고 말겠습니다!"

슈타우파허가 고개를 끄덕이며 대답했어요.

"그렇습니다. 이제는 움직여야 할 때입니다. 울리, 운터발덴, 슈비츠 사람들과 함께한다면 충분히 가능한 일입니다."

그러자 퓌어스트가 주먹을 불끈 쥐며 말했어요.

프리드리히 실러는 「빌헬름 텔」을 쓸 생각이 없었다?

프리드리히 실러는 처음에는 「빌헬름 텔」을 쓸 생각이 없었다고 해요. 하지만 그가 빌헬름 텔을 소재로 희곡을 쓴다는 소문이 무성하게 돌기 시작했어요. 실제로 이 작품에 대한 문의를 받기도 했지요. 빌헬름 텔을 둘러싼 이야기가 당시 대중적으로 큰 인기를 누리고 있었기 때문에 대중들의 기대도 컸던 거예요. 이로 인해 실러는 빌헬름 텔 소재에 대해서 관심을 갖게 되었고, 빌헬름 텔의 이야기가 실린 추디의 『스위스 연대기』를 읽고 깊은 감명을 받게 되었어요. 그래서 실러는 「빌헬름 텔」을 쓰게 되었지요.

"나도 기꺼이 함께하겠네. 나는 울리에서 사람을 모을 테니, 슈타우파허 씨와 멜히탈 자네는 슈비츠와 운터발덴에서 정의로운 이들을 모으게나."

세 사람은 호숫가 왼편의 뤼틀리 숲 속 깊은 곳에서 만나기로 했어요. 그러고는 서로 손을 맞잡고 생사를 함께할 것을 굳게 다짐했지요. 멜히탈이 눈을 감으며 중얼거렸어요.

"아버지, 조금만 기다리세요. 자유의 날을 보실 수 없다면 그 소리라도 들려 드릴게요. 자유를 되찾은 사람들의 기쁜 환호성을 듣게 되신다면, 아버지의 어둠도 환한 빛이 될 겁니다."

마침내 세 사람이 약속한 날이 다가왔어요. 깊은 밤, 뤼틀리 숲은 고요하기 그지없었어요. 호수와 하얀 빙산은 달빛을 받아 아름답게 반짝거렸어요. 세 사람은 울리, 운터발덴, 슈비츠 사람들을 모아 뤼틀리 숲에 도착했어요. 행여나 누가 볼세라 주위를 두리번거리며 경계하는 것도 잊지 않았지요.

"참으로 씁쓸한 일이오. 이곳은 우리 스위스의 보물이자 조상님들이 물려주신 땅인데, 이렇게 죄인처럼 숨어 있어야 하다니……."

뤼어스트의 한숨에 멜히탈이 말했어요.

"너무 낙심하지 마세요. 곧 밝은 태양 아래에서 우리의 뜻을 자유롭게 펼칠 날이 올 테니까요."

뤼어스트, 슈타우파허, 멜히탈이 무리들 앞으로 나왔어요. 그들은 칼을 꺼내어 땅에 꽂은 뒤 그 위에 서로의 손을 겹치며 소리쳤어요.

"오늘 우리는 잃어버린 조국 스위스를 찾기 위해 이 자리에 모였습니다. 우리 모두 한 마음 한 뜻이 되어 자유와 평화를 위해 힘차게 싸웁시다!"

"자유와 평화를 위하여!"

"우리의 조국 스위스를 위하여!"

사람들은 저마다 손을 들며 함성을 질렀어요. 그들은 다가오는 성탄절에 계획을 실행하기로 마음먹었어요. 이번 기회에 침략자들이 지은 성을 모두 무찌르기로 했지요. 그러나 병사들을 거느린 게슬러 총독이 쉽사리 당할 것 같지는 않았어요. 겁을 주어 성에서 쫓아낸다고 해도 호시탐탐 기회를 노리며 사람들을 다시 괴롭힐 게 뻔했어요.

그때 한 사내가 손을 들고 우렁찬 목소리로 외쳤어요.

"죽음을 무릅써야 하는 일은 저에게 맡겨 주십시오! 빌헬름

텔 덕분에 간신히 구한 목숨, 조국을 위하여 기꺼이 바치겠습
니다!"

그는 바로 바움가르텐이었어요. 빌헬름 텔이 배를 몰아주
어 병사들을 피해 무사히 호수를 건널 수 있었던 사내 말이에
요. 사람들은 바움가르텐의 용기에 깊이 감동했어요. 다시 한
번 성탄절 계획을 확인한 그들은 아무 일도 없었다는 듯 각자
집으로 향했어요. 어느덧 하늘에서는 아침 해가 떠오르고 있
었어요.

빌헬름 텔은 가족과 함께 화목한 시간을 보내고 있었어요.
빌헬름 텔의 아내인 헤트비히는 집안일을 하고, 두 아들인 발
터와 빌헬름은 작은 활을 가지고 놀고 있었어요. 빌헬름 텔은
식구들의 평화로운 모습에 웃음을 띠며 도끼로 고장 난 문을
수리했어요. 문을 다 고친 빌헬름 텔은 모자를 푹 눌러쓰고
급히 나갈 준비를 했어요.

"여보, 무슨 볼일이라도 있어요?"

"알트도르프에 좀 다녀올게. 아무래도 장인어른을 좀 봬야
할 것 같아."

순간 헤트비히의 얼굴에 걱정스러운 빛이 감돌았어요. 용

감하고 정의로운 남편이 게슬러 총독에게 맞서는 것은 아닌지 걱정스러웠어요. 불의를 참지 못하는 남편의 마음은 이해하지만, 그러다 나쁜 짓이라도 당하는 게 아닌지 불안해서 견딜 수 없었어요.

"당신, 설마 위험한 일을 꾸미는 건 아니지요? 안 그래도 사람들이 총독들을 무찌르려고 이곳저곳에서 모이고 있다던데……."

"걱정하지 마. 그냥 장인어른에게 볼일이 있어서 그런 거니까."

빌헬름 텔이 석궁●과 화살을 챙기며 말했어요. 그러자 헤트비히가 깜짝 놀라 물었어요.

"아버지를 만나러 간다면서 석궁은 왜 가져가지요? 그냥 두고 가세요."

"그냥 대비용으로 들고 가는 거야. 무기가 없으면 왠지 허전해서 말이지."

그때 마침 저쪽에서 동생 빌헬름과 함께 놀고 있던 형 발터가 다가왔어요.

"외할아버지 댁에 가세요? 그럼 저도 데려가 주세요."

"그래, 어서 준비해라."

석궁 … 중세 유럽에서 쓰던 활.

헤트비히가 남편의 어깨를 덥석 붙잡으며 말했어요.

"여보, 그냥 나중에 가요. 게슬러 총독이 지금 알트도르프에 있다던데, 그가 돌아간 후에 가요."

"하하, 걱정하지 말라니까. 아무 일 없을 거야."

빌헬름 텔은 발터와 함께 집을 나섰어요. 헤트비히는 여전히 초조한 기색을 감추지 못했어요. 그러자 작은아들 빌헬름이 다가와 헤트비히의 옷자락을 꼭 움켜쥐며 말했어요.

"어머니, 저는 어머니 곁에 있을게요."

"그래, 우리 사랑스러운 아들!"

헤트비히는 빌헬름을 꼭 껴안은 채 두 사람의 뒷모습을 오랫동안 바라보았어요.

알트도르프 초원 어귀•에는 모자가 걸린 장대 하나가 꽂혀 있었어요. 그리고 게슬러의 부하인 프리스하르트와 로이트홀트 병사가 그 주위를 지키고 있었어요. 게슬러가 명령한 대로 모자에 대고 인사를 하나 안 하나 감시하고 있었던 거예요.

"다 헛수고야. 인사는커녕 지나가는 사람도 없잖아."

"다들 모자에 인사하는 게 싫어서 빙빙 돌아가는 거지 뭐."

병사들이 투덜거릴 때였어요. 저 멀리서 빌헬름 텔과 발터

어귀 … 드나드는 좁은
통로의 첫머리.

의 모습이 보였어요. 알트도르프에 들어가려면 이 부근을 꼭 지나야만 했기 때문이에요. 빌헬름 텔은 아들과 이런저런 대화를 나누며 별 생각 없이 모자 앞을 지나쳐 갔어요.

"반역자들! 거기 멈춰라!"

병사들이 두 사람의 앞을 창으로 가로막으며 소리쳤어요.

"갑자기 왜 그러는 거요?"

"너희 부자는 모자에 인사를 하지 않았다! 총독님에게 반항하다니, 이건 감옥행이야!"

그러자 깜짝 놀란 발터가 외쳤어요.

"우리 아버지를 감옥으로 데려간다니, 말도 안 돼요!"

이 소동에 알트도르프 마을 사람들이 하나 둘씩 문을 열고 나왔어요. 빌헬름 텔의 장인이자 발터의 외할아버지인 퓌어스트도 모습을 드러냈지요. 퓌어스트를 본 발터는 재빨리 그에게 달려갔어요.

"할아버지, 큰일 났어요! 저 사람들이 아버지를 감옥으로 끌고 갈 거래요!"

발터의 말에 퓌어스트가 다급한 목소리로 외쳤어요.

"잠깐! 무슨 일인지는 모르겠지만 이 사람은 내 사위요. 나쁜 짓을 저지를 만한 사람이 아니오."

"이자는 총독님의 명령을 어기고 모자에 인사를 하지 않았소."

로이트홀트가 단호하게 말했어요. 그러고는 병사들이 빌헬름 텔을 강제로 끌고 가려고 했어요. 퓌어스트가 아무리 말리려 해도 거들떠보지도 않았지요. 급기야 화가 난 마을 사람들은 병사들에게 달려들려고 했어요. 그때 저 멀리서 말을 탄 게슬러가 나타났어요. 여느 때처럼 병사들을 잔뜩 거느린 채로 말이에요.

"왜 이렇게 시끄러운 것이냐?"

게슬러의 질문에 프리스하르트가 대답했어요.

"이자가 모자에 인사를 하지 않기에, 감옥으로 끌고 가려던 참이었습니다. 그런데 마을 사람들이 자꾸 방해를 하는 바람에……."

게슬러는 빌헬름 텔을 힐끗 바라보았어요. 빌헬름 텔이 그 뛰어난 활솜씨로 '석궁의 명수'라고 불린다는 것은 게슬러도 잘 알고 있었지요.

"네가 바로 그 빌헬름 텔이로구나. 그래, 어째서 내 명령을 어겼느냐?"

"총독님을 거역하려는 것이 아니라, 미처 생각하지 못하고 앞을 지나다 그리되었습니다. 부디 한번만 용서해 주십시오.”

빌헬름 텔의 말을 듣고 게슬러는 무언가 곰곰이 생각하는 듯 하더니 입을 열었어요.

“사람들이 너를 두고 석궁의 명수라고 하더구나. 듣자 하니 어떤 사수와 겨루어도 절대 지지 않는다던데, 사실이냐?”

그때 발터가 앞으로 나서서 외쳤어요.

“우리 아버지는 백 걸음이나 떨어진 곳에 있는 사과나무의 사과도 맞힐 수 있다고요!”

게슬러는 흥미로운 듯한 눈길로 발터를 훑어보았어요.

“이 아이가 네 아들이냐?”

“네, 총독님.”

“그래, 아들을 사랑하겠구나?”

“당연하지요.”

빌헬름 텔의 대답에 게슬러가 웃음을 터뜨리더니, 나무에서 새빨간 사과 하나를 똑 떼었어요.

“그래, 알았다. 네 활솜씨가 그렇게 훌륭하다니, 내 앞에서 직접 증명해 보아라.”

“그게 무슨 소리신지…….”

“내가 이 사과를 네 아들 녀석의 머리에 올려놓겠다. 너는

사수 ⋯ 대포나 총, 활 따위를 쏘는 사람.

팔십 걸음 떨어진 곳에 가서 이 사과를 맞히면 되는 거다. 마침 활도 가지고 있으니 딱이구나. 기회는 단 한 번뿐이니 잘 쏘아야 한다. 조금이라도 잘못 쏘았다가는 네 아들이 죽고 말 테니까! 그러면 네 목도 날아가겠지."

게슬러의 말에 빌헬름 텔의 얼굴이 새파랗게 질렸어요.

"총독님, 지금 제 아들을 향해 석궁을 쏘라 하셨습니까? 안 됩니다. 사랑하는 아들의 머리를 겨누라니요, 차라리 저를 죽이십시오!"

"거 참 말이 많구나. 어서 화살을 쏘라니까? 안 그러면 지금 당장 너와 네 아들을 죽일 것이다!"

게슬러의 말에 빌헬름 텔의 얼굴은 절망으로 가득 찼어요. 마을 사람들 또한 게슬러의 잔인한 행동에 화가 머리 끝까지 치밀어올랐어요. 그때 퓌어스트가 달려 나와 게슬러 앞에 엎드리며 말했어요.

"총독님, 부디 용서해 주십시오. 제 전 재산을 다 바치겠습니다. 이 끔찍한 벌만은 제발 거두어 주십시오."

그러자 발터가 퓌어스트를 붙잡아 일으켰어요.

"외할아버지, 나쁜 사람에게 무릎을 꿇지 마세요. 우리 아버지가 얼마나 석궁을 잘 쏘시는데요. 저는 하나도 무섭지 않

아요."

그러고는 총독을 매섭게 쳐다보며 소리쳤어요.

"제가 어디에 서면 되나요?"

게슬러는 발터를 보리수나무 앞에 세웠어요. 사람들은 발터가 화살을 무서워할까 봐 안대를 씌워 주려 했지만 발터는 고개를 저으며 이렇게 말했어요.

"괜찮아요, 아버지가 쏘신 화살을 제가 무서워할 리가 없잖아요. 저는 여기서 꼼짝하지 않고 아버지의 화살을 기다릴 거예요."

이윽고 발터의 머리 위에 빨간 사과가 올려졌어요. 멜히탈과 슈타우파허가 가슴을 내리치며 탄식했어요. 그러나 게슬러의 병사들이 창을 겨누고 있어 쉽사리 움직일 수 없었어요.

"자, 빌헬름 텔! 이제 화살을 쏘아라!"

게슬러의 외침에, 빌헬름 텔이 천천히 화살을 겨누었어요. 그러나 사랑하는 아들을 향해 차마 석궁을 쏠 수가 없었어요. 빌헬름 텔은 석궁을 내리고 가슴을 풀어헤치며 소리쳤어요.

"도저히 못하겠습니다! 차라리 제 심장을 가져가세요!"

그러나 게슬러는 한쪽 입꼬리를 슬쩍 올리면서 이렇게 말할 뿐이었어요.

"네 목숨 따위는 아무래도 좋아, 어서 쏘라고! 듣자 하니 폭풍우 속에서 배를 그렇게 잘 몬다면서? 이 정도는 식은 죽 먹기겠지. 하하하!"

이제는 빌헬름 텔도 더 이상 어쩔 수 없었어요. 하늘을 쳐다보던 빌헬름 텔은 화살통에서 화살을 하나 더 꺼내 품속에 넣었어요. 그리고 숨을 고르며 아들의 머리 위에 있는 사과를 조심스럽게 겨누었어요.

"쏘세요, 아버지! 저는 무섭지 않아요!"

저 멀리 보리수나무에서 발터가 외쳤어요. 빌헬름 텔은 마음을 가다듬고 마침내 활을 놓았어요. 화살은 '휙' 바람 소리를 내며 재빠르게 날아갔어요. '푹!' 소리가 들려오는 순간, 사람들은 눈을 질끈 감아 버렸어요. 차마 두 눈을 뜨고 바라볼 엄두가 나지 않았던 거예요.

"와아아아!"

그러다 조심스럽게 실눈을 뜬 사람들은 이윽고 환호성을 질렀어요. 화살이 사과의 한가운데를 정확히 명중*한 거예요. 발터가 활짝 웃으며 빌헬름 텔을 향해 뛰어와 안겼어요.

"아버지가 해내실 줄 알았어요! 저를 다치게 하지 않으실 거라는 걸 알고 있었다고요!"

명중 … 화살이나 총알 따위가 겨냥한 곳에 바로 맞음.

빌헬름 텔은 발터를 와락 껴안았어요. 순간 긴장이 풀린 그는 그대로 땅바닥에 주저앉고 말았어요. 사람들은 이 놀라운 광경에 깊은 감동을 받았어요.

"설마 사과를 명중시킬 줄이야……."

게슬러가 사과를 바라보며 중얼거렸어요. 그러더니 날카로운 눈초리로 빌헬름 텔을 쳐다보았어요.

"아까 네가 화살을 하나 더 꺼내서 품속에 넣는 걸 보았다. 그걸로 뭘 하려고 했지?"

빌헬름 텔이 잔뜩 당황한 채로 말했어요.

"저, 그게…… 그건 그저 사수들의 습관입니다."

"내가 그런 말에 속아 넘어갈 줄 아나? 진실을 말하지 않으면 너를 죽이겠다!"

그러자 빌헬름 텔이 게슬러를 똑바로 노려보며 입을 열었어요.

"사실대로 말씀드리지요. 만약 제 화살이 아들놈을 맞혔다면, 이 두 번째 화살은 바로 총독님의 심장에 꽂혔을 겁니다."

게슬러의 얼굴이 창백해졌어요.

"사과를 맞혔으니 목숨은 살려 주겠다. 하지만 네 위험한 생각을 알았으니 감옥에 가둬야겠다. 여봐라, 뭣들 하느냐!

당장 이자를 끌고 가라!"

게슬러의 말에 마을 사람들이 강하게 반대하고 나섰어요. 그러자 게슬러는 마을 사람들 모두를 잡아가겠다고 으름장을 놓았어요. 결국 빌헬름 텔은 병사들에게 끌려가는 신세가 되고 말았어요. 발터가 울며 아버지의 옷자락을 잡고 매달렸지만 아무런 소용이 없었지요.

병사들은 빌헬름 텔을 호숫가로 끌고 가 배에 태웠어요. 게슬러의 성으로 가기 위해서는 호수를 건너야 했기 때문이에요. 빌헬름 텔은 밧줄에 꽁꽁 묶인 채 넘실거리는 파도를 바라보았어요.

'다 끝났구나. 이제 다시는 아내와 아이들의 얼굴을 볼 수 없을 거야.'

빌헬름 텔은 크게 낙심하여 고개를 떨구었어요. 감옥에 들어가면 눈부신 햇빛도, 사랑하는 가족들의 얼굴도 보지 못할 테니까요.

어느덧 배는 호수 한가운데에 이르렀어요. 그런데 갑자기 하늘이 우중충해지더니 장대비가 쏟아지고 무시무시한 번개가 치기 시작했어요. 거친 파도가 몰아치고, 배가 미친 듯이 흔들렸어요. 노를 젓던 부하들은 힘이 빠져 주저앉고 말았어요.

"총독님, 이러다가는 우리 모두 빠져 죽겠습니다!"

부하들의 외침을 들은 게슬러의 얼굴이 새하얗게 질렸어요. 결국 게슬러는 빌헬름 텔을 불러오도록 했어요. 그러고는 빌헬름 텔을 향해 이렇게 말했어요.

"빌헬름 텔! 우리를 무사히 건너편까지 데려다 줄 자신이 있느냐? 그렇다면 지금 당장 밧줄을 풀어 주겠다."

"하늘께서 도와주신다면 얼마든지 이곳을 벗어나게 해 드리지요."

빌헬름 텔의 대답에, 게슬러는 당장 그의 밧줄을 풀어 주도록 했어요. 풀려난 빌헬름 텔은 파도 사이를 헤치며 솜씨 좋게 배를 몰았어요. 그러면서 배에서 도망쳐 곧장 달아날 만한 곳이 있는지 호숫가 주변을 살폈어요. 마침 호수 안쪽에 바위섬 하나가 보였어요.

"자, 모두들 저 바위까지 힘껏 노를 저으시오! 일단 저곳에 닿으면 급한 대로 위기는 벗어날 수 있을 거요!"

빌헬름 텔의 외침에 병사들이 열심히 노를 젓기 시작했어요. 배가 바위섬에 닿는 순간, 배가 크게 흔들리기 시작했어요. 빌헬름 텔은 재빨리 자신의 석궁과 화살을 챙긴 뒤 배 밖으로 몸을 던졌어요. 그러고는 재빨리 바위섬 위로 올라갔지요. 눈 깜짝할 사이에 일어난 일이었어요.

"감히 나를 속이고 도망쳐?"

화가 머리끝까지 치민 게슬러가 고래고래 소리를 질렀지만 때는 이미 늦었어요. 그 순간 거대한 파도가 몰려와 배를 덮쳤어요. 당황한 부하들이 허둥지둥하는 사이 빌헬름 텔은 재빨리 달아났어요.

"아아, 하느님께서 도와주셨구나."

간신히 목숨을 구한 빌헬름 텔은 하늘에 기도를 드렸어요.

다음 날 빌헬름 텔은 슈비츠로 향했어요. 그리고 게슬러의 성으로 가는 좁은 길목을 지키며 그가 나타나기만을 기다렸어요. 게슬러의 성으로 가는 길은 오직 하나뿐이니, 게슬러가 목숨을 구했다면 반드시 이곳을 지나갈 수밖에 없었어요.

"게슬러 총독, 당신이 내 아들을 겨누게 했을 때 나는 결심했다. 내 다음 화살은 당신의 심장을 꿰뚫고 말 거라고. 나는 가능한 조용하게 살아왔지만 이제는 더 이상 참을 수가 없다. 나의 아내와 아이들, 그리고 조국 스위스를 네놈의 횡포•로부터 보호할 것이다."

빌헬름 텔은 이를 악물며 중얼거렸어요.

횡포 ··· 제멋대로 굴며 행동이 몹시 거칠고 사나움.

얼마나 지났을까요? 저 멀리서 말발굽 소리가 조그맣게 들려왔어요. 바로 게슬러와 그 부하들이었지요. 빌헬름 텔은 재빨리 나무 뒤에 몸을 숨겼어요. 그리고 숨을 고르며 게슬러 일당이 좀 더 가까이 다가오기만을 기다렸어요.

'바로 지금이다!'

게슬러가 가까이 온 순간, 빌헬름 텔은 주저 없이 화살을 쏘았어요. 화살은 '휘익!' 하고 공기를 가르며 게슬러의 심장을 정확히 꿰뚫었어요. 게슬러는 비명을 지르며 가슴을 움켜쥐었어요.

"빌헬름 텔이 나를 쏘았구나!"

그러자 빌헬름 텔이 모습을 드러내며 소리쳤어요.

"그렇다, 화살의 주인은 바로 나다! 오늘 그토록 원하던 자유를 드디어 되찾았다! 당신은 더 이상 우리를 해치지 못해!"

게슬러는 빌헬름 텔을 바라보며 그대로 숨을 거두었어요.

빌헬름 텔이 게슬러를 무찔렀다는 소식은 온 나라에 빠르게 퍼져 나갔어요. 용기를 얻은 스위스 사람들은 힘을 합쳐 오스트리아 침략자들을 무찌르기 시작했어요. 오스트리아 총독들에게 고통 받고 있던 사람들에게 빌헬름 텔의 소식이 큰 힘이 되어 준 거예요.

자유를 위하여 필사적으로 싸운 끝에, 마침내 스위스에 있던 오스트리아 총독들을 모두 내쫓는 데 성공했어요.

"우리의 조국 스위스, 만세!"

"자유와 평화를 위하여!"

사람들은 서로 얼싸안으며 환호했어요. 기쁜 나머지 눈물을 흘리는 사람도 있었지요. 이제 예전처럼 다시 평화로운 생활을 누릴 수 있게 된 거예요.

사람들은 알트도르프 어귀에 있던 장대와 모자를 그대로 놓아두기로 했어요. 그들은 그 장대를 보면서 총독을 무찌른 빌헬름 텔의 용기를 기렸지요. 그리고 생각했어요. 자유란 것이 얼마나 소중한 것인지 말이에요.

「빌헬름 텔」의 인기 배경

「빌헬름 텔」이 대중적인 인기를 누린 것은 당시 스위스의 정치적인 상황과 관련이 있어요. 1799년에 나폴레옹은 스위스를 점령했어요. 그러자 스위스 여기저기서 프랑스 지배에 반발하는 저항 운동이 강력하게 일어났어요. 자연스레 식민 지배에 저항하던 윌리엄 텔의 신화도 인기를 얻게 되었지요. 윌리엄 텔 신화는 스위스에서뿐만 아니라 나폴레옹 전쟁의 위협을 받고 있던 독일에서도 인기를 끌었어요.

식민 지배라는 정치적 상황 때문에 윌리엄 텔 신화는 대중적으로 인기를 끌었어요. 이때 이 신화에 재미를 더한 희곡으로 나오니 자연스레 사람들은 희곡 「빌헬름 텔」에 열광할 수밖에 없었지요.

백만 엄마들의 가슴을 뛰게 만든 바로 그 책,
〈공부가 되는〉 시리즈

- 재미와 호기심을 충족시키며 교과 연계 학습까지 되는 **기초 교양 학습서**

- 연이은 백만 엄마들의 뜨거운 호평, **출간 즉시 베스트셀러 도서**

- 통섭과 융합형 교과서로 **하버드 대학 교수가 추천한 도서**

〈공부가 되는〉 시리즈는 계속 출간됩니다.

〈십대들을 위한 인성교과서〉 시리즈

십대가 시작되는 시기부터
늘 머리맡에 두고 반복해서 읽어야 할 책

태도
줄리 데이비 글, 그림 | 박선영 옮김
14,000원

목표
줄리 데이비 글, 그림 | 박선영 옮김
14,000원

선택
줄리 데이비 글, 그림 | 장선하 옮김
14,000원

진정한 부
줄리 데이비 글, 그림 | 장선하 옮김
14,000원

〈초록별〉 시리즈

꿈이 되는 이야기, 마음을 키우는 책 읽기

엄마는 외계인
박지기 글 | 조형윤 그림 | 8,500원

아빠가 보고 싶은 아이
나가사키 나쓰미 글 | 오쿠하라 유메 그림
김정화 옮김 | 11,000원

친구 만들기
줄리아 자만 글 | 케이트 팽크허스트 그림
조영미 옮김 | 11,000원

아기 토끼의 엄마 놀이
모리야마 미야코 글 | 니시카와 오사무 그림
김정화 옮김 | 11,000원